Narratori Feltrinelli

Giovanni Montanaro

Guardami negli occhi

Prima edizione ne "I Narratori" aprile 2017

Stampa Nuovo Istituto Italiano d'Arti Grafiche - BG

ISBN 978-88-07-03235-6

Guardami negli occhi

Più che il quadro stesso, quello che importa è ciò che lascia nell'aria, ciò che diffonde. Non importa se il quadro viene distrutto. L'arte può morire, quello che conta è che siano stati sparsi dei semi. Il quadro dev'essere fecondo. Deve far nascere un mondo.

JOAN MIRÓ

ROMA, APRILE 2015

PANTHEON, LA ROTONDA

Ghita, la Fornarina, veniva al Pantheon tutti i giorni.

Passava in mezzo ai cenci della gente di Roma, tra i carri e la polvere, i cani e le fogne, schivando briganti e magnaccia, coltelli e rovine. Veniva fin qui da Trastevere, attraverso ponte Sisto, indossava calzari lussuosi, di cuoio, con le zeppe, le unghie dei piedi e delle mani smaltate, come un'antica romana. Portava gioielli, un grosso bracciale a forma di serpente e una collana da cui pendeva una perla scaramazza, quella che le aveva regalato lui. Aveva una camiciola di seta, rossa, senza lutto, come nessun'altra ragazza di Trastevere poteva permettersi, anche se lei non era nemmeno trasteverina.

Era bella, Ghita, anche se a qualcuno poteva non piacere, per il mento, il naso un poco pronunciato, quel viso certo non da nobildonna, gli occhi furbi di una ragazza che capita di incontrare per strada, con cui si scambia un sorriso senza conoscersi.

Raffaello l'amava perdutamente, come si sarebbe detto a quel tempo; ne amava il carattere, il corpo, la forza, l'incantesimo che solo certe donne hanno in sorte.

E Ghita ogni giorno si faceva bella per lui, anche se lui non c'era più. Era la primavera del 1520, il pittore era morto di Venerdì Santo, lei aveva poco più di vent'anni e tutto era finito.

Io cammino adesso dove passava lei cinquecento anni fa. Oggi è una bella giornata di sole, di quelle in cui ti senti di appartenere a Roma anche se vieni da fuori, e Ghita me la immagino, e mi sembra di vederla; il dolore, la furia, la fierezza. Le cose cambiano, e restano. Alcune anime restano.

Al tempo, in piazza non c'era la fontana, con i suoi mascheroni deformi, gli stemmi e i gradini dove la gente si siede a riposare. E non c'era l'obelisco che svetta alto, su fino a una croce. Secondo le cronache, c'erano due leoni di pietra, una conca di porfido, un mercato di pesce e ortaggi, e si vendevano anche lunari e candele. Come adesso, c'erano chiasso, venditori, mendicanti, romani, stranieri, e tanti giovani.

Il Pantheon c'era già, da millequattrocento anni.

C'erano queste quattro file di colonne, fiori, spade e scritte, tronchi larghi, come una foresta, prima il fresco, e subito il buio, e dietro la cupola, con quel tondo aperto sul cielo, quella magia di ingegneri che nessuno dimentica dopo essere stato qui dentro, con tutta la luce bianca che scende dritta sul pavimento, divina, sconvolgente.

Perché cerchiamo le cose che non ci sono più?

Perché certi amori sono diversi dagli altri, e non finiscono mai, non sanno finire, è come se facessero i semi, e continuano a fiorire, nonostante il tempo che passa?

La tomba di Raffaello non si vede subito, quando si entra nel Pantheon. Bisogna cercarla, dietro la gente che ci si ferma davanti, che ci capita per caso, che, il più delle volte, le dà le spalle.

Questo è il tempio degli dèi, di tutti gli dèi, e il pittore è stato il primo uomo a essere seppellito qui. L'ha chiesto lui, lo desiderava, ambizioso com'era. Ma ha una tomba brutta, un sarcofago squadrato, né umile né maestoso, una via di mezzo, pomposo ma invisibile. Sopra il sepolcro svolazza una coppia di colombe di pietra che si cercano, e in qualche modo si sfiorano, si baciano, esprimono una fretta, fanno il rumore affannoso, disperato, degli uccelli quando sono intrappolati. Qualcosa senza pace.

È la tomba di un uomo illustre, di quelli che vengono seppelliti da soli, che restano per sempre da soli.

Non c'era posto per Ghita vicino a lui.

C'era posto, però, per metterci una lapide.

Io credo che Ghita si sia accorta subito di quella scritta, appena l'hanno affissa al muro, qualche giorno dopo la sepoltura. Avrà visto qualcuno salire su una scala, avrà riconosciuto Giulio Romano, l'allievo prediletto, l'erede, o un altro della bottega, o dei ragazzini troppo magri per reggere quella grande lastra. Ghita si sarà messa a leggere, incuriosita, spaventata, e poi di ghiaccio, smarrita, affranta, distrutta, appena dopo avere scoperto il nome di quella donna che non era lei.

Per lei, tutto era perduto.

Era cancellata per sempre.

Le era rimasta solo una cosa da salvare.

Un anello sottile, d'oro, con una pietra blu, un lapislazzuli.

Un anello che nessuno aveva visto, che nessuno doveva vedere.

La scritta c'è ancora, nel Pantheon.

È collocata a destra della sepoltura del pittore, oltre una colonna scura, difficile da leggere nel verde del travertino. È incisa nel marmo, per cercare di essere eterna, per cercare di essere vera. Per raccontare un'altra storia, quella che tutti volevano che venisse raccontata, che il potere, i cardinali, la bottega volevano che venisse raccontata.

La storia di Maria, una nobildonna, una dama con parentele e conoscenze importanti, castelli e tenute, erede di una illustre casata toscana; era lei la moglie giusta per un uomo come Raffaello. No, non c'era posto lì, in quel tempio, per la storia di Ghita, una ragazza del popolo, quella che per tutti era stata solo una puttana e così doveva essere ricordata.

Mariae Antonii F. Bibienae Sponsae Ejus Quae Laetos Hymenaeos morte praevertit.

A Maria Bibbiena, la promessa sposa di Raffaello, la donna cui solo la morte impedì le feste nuziali.

Dopo cinquecento anni, la scritta è ancora lì.

Eppure dice una menzogna.

ROMA, GIUGNO 1520
SANT'APOLLONIA

È tutto bianco, fresco di pittura.

Ci sono un letto, uno scaldaletto e un lavamano. C'è un crocifisso, e, sotto, un inginocchiatoio. Un pavimento freddo, di marmi di mille colori, a mosaico. Sulla parete di sinistra, spoglia, c'è una porticina, vicino a un enorme camino che un poco la nasconde. L'apertura si confonde nella parete, non ha chiavistello né maniglia, bisogna spingere a fondo per fare scattare una serratura. Conduce in una stanzetta più piccola, di forma triangolare, rubata chissà come alla tromba delle scale. Credo che servisse per nascondere gli amanti, o i danari. Lì dentro ci sono due colonnine ricoperte da stucchi, foglie, ricci e angioletti gonfi che scendono dal soffitto sulle pareti, hanno tracce di oro scrostato nei capelli ormai bianchi. Quando ho scoperto quel nascondiglio, ho pensato che fosse comodo metterlo lì, il tavolino con lo strigile e i belletti.

Nella mia cella non volevo altro.

La stanza è ampia, ha il soffitto molto alto. Doveva essere la camera nuziale, un tempo, prima che questo palazzo diventasse un convento. Chissà quanti amori sono passati per di qui. Con le pareti bianche, con questo profumo di nuovo, pare che non esistano più, che l'amore non esista più, che ogni amore se ne vada, presto o tardi.

Le cose, tutte quante, finiscono.

Sì, farà molto freddo, d'inverno.

Starò bene qui, ne sono convinta. Le altre celle e le camerate delle novizie sono lontane. Alla mia destra c'è la biblioteca, e nessuna ci va mai perché madre Domitilla non vuole, dice che i libri distraggono, fanno venire i pensieri, fanno capire troppe cose; a sinistra corrono le scale per la soffitta, e da lì passa solo sorella Claudia, la portinaia, con la schiena curva e gli occhi torvi, ma ci va di rado, lenta e silenziosa come un gatto di notte.

Al forno non ci penso più.

Lui però viene tutte le notti a visitarmi, non mi lascia sola.

Lo riconosco, lo benedico. Ha i capelli neri, le gambe sottili, la magrezza di chi non invecchia mai del tutto, ha sempre la gioventù.

Non apre mai gli occhi.

Quando arriva, mi tormento nel letto, lo attendo come lo attendevo sporca di farina, quand'ero poco più che una bimba, e non capisco cosa mi succede, penso a tutto il tempo che è passato, a tutto quello che è accaduto, e non so se sogno, se sono sveglia, se sono pazza. Non riesco a muovermi, sento sui polsi delle corde che mi bloccano, se provo a divincolarmi mi stringono più forte. Nell'aria, in tutta la stanza, c'è il suo profumo, non potrei sbagliarmi, è l'unico che riconoscevo anche tra decine di altri, in mezzo a un prato di ginestre, come due cani si sentono, anche se stanno distanti.

Lui si avvicina, è come una nuvola sola nel cielo, ma poi si distende, si allarga e viene sopra di me, mi copre; io provo ad abbracciarlo, ma non riesco a muovermi, sento che non posso afferrarlo, prenderlo, riportarlo da me, e quando ce l'ho davanti, e finalmente lo vedo bene, mi sfiora, la mia pelle lo cerca, ma non tocca niente. È fatto di fumo. Si disfa. Non è lui, non esiste più. Fa un rumore, un boato, come fosse sott'acqua, annegato, gonfio. Ha il colore della morte; è fermo e flaccido come nel suo letto di Venerdì Santo.

Non apre mai gli occhi.

Non mi guarda più.

Mi riprendo di soprassalto.

Ansimo, trattengo un grido. Nessuna deve sentirmi. Non voglio che mi chiudano dabbasso, nella cella delle incorreggibili. Mi dico che sono forte, che ho superato tutto, supererò anche questo, troverò il modo di sopravvivere, anche qui, senza che nessuno mi veda, senza che nessuno possa più farmi del male. Mi calmo. La luce del giorno entra dalla grata, lenta, e mi sorprende con i brividi, le ferite sulle braccia, e dolori, e macchie scure sulle gambe come mi avessero trafitto degli aghi.

La luce entra dalla finestra, lui è andato via.

Le giornate sono lunghe, adesso. Mi godo qualche raggio di sole che viene verso di me. Mi piace quel poco di tepore, mi fa sentire viva, mi tira via la notte di dosso. Guardo il cielo, dove posso immaginare le cose che non ci sono più.

Non guardo mai di sotto.

Non vado alla finestra.

Lo sento lì fuori il mondo, muoversi, cercarmi; sento dei passi, un fruscio, qualche parola che non capisco, un animale che sgattaiola, ruote che cigolano, i mormorii dei preti, i colombi, le ragazzine che cantano la primavera senza sapere quanto fa male la vita. Sento il vento che fa tremare i vetri, la pioggia quando viene a dissetare gli aranci. Lo sento, il mondo. È come un insetto, è una mosca che non riesco a scacciare.

Non voglio più vedere fuori.

Sarebbe meglio che il mondo non esistesse più.

Desidero che tutto finisca.

Che vengano i barbari, e diano fuoco a Roma. Che vengano i temporali, e distruggano il grano, e i fiori. Che le acque del mare arrivino fino a qui, con un'onda sola, frantumino i vetri e ci portino via. Che l'aria si guasti, diventi fumo. Che la terra si scuota e faccia cadere tutte le case. Che le vacche smettano di partorire, le api di cercare i fiori, le stelle di sorgere. Che i fiumi non scendano dai monti, i bambini non bevano dalle madri, le foglie non spuntino, i frutti cadano già marci.

Perché il mio amore è morto.

Madre Domitilla rispetterà gli accordi.

È minuta, e quel giorno pareva ancora più piccola nella sua stanza al pianterreno, tutta dipinta di affreschi che il tempo si sta portando via. Centinaia di visi, di arbusti, di bacche, di mari e fiumi ancora si intravedevano con tutti i loro colori. Potrebbe essere una sala dove è appena finito un ballo, una festa in maschera, invece quella mattina non c'era niente se non lei, in fondo, seduta sopra un pancaccio, dietro un tavolo di legno misero, a ostentare la sua povertà, la sua obbedienza. Tutto è penitenza, qui. Tutto è dolore.

Non so se è bella, né quanti anni ha.

Ha le lenti sugli occhi. Mi pare che le piaccia la compagnia, il comando la innervosisce, ma è severa. Non ama la vita, per lei è qualcosa da non guardare, non toccare, non mangiare, come le interiora di una bestia. Ha paura che ci succeda qualcosa di male, ma non sembra sapere esattamente cosa sia, il male.

"Hai già deciso che nome prenderai?" mi ha chiesto, perché ne aveva molti da suggerirmi, di sante illustri, donne da imitare, che l'hanno preceduta a Sant'Apollonia. "Paluzza, Agata, Massimilla," ha detto.

"Non voglio cambiare nome. Io sono Margherita."

Non è così, in verità mi faccio chiamare Ghita. Ma non volevo che nessuno, qui, mi chiamasse più in quel modo. Ghita è il nome che non ho più, il suono che il mondo non deve più pronunciare.

"Non vuoi prendere i voti?"

"No, voglio tenere il mio nome. E non voglio tagliare i capelli."

"Adesso è presto per discuterne."

Madre Domitilla si è alzata, è venuta a mettersi davanti al tavolo, portando le mani dietro la schiena. I suoi passi rimbombavano, severi, rigidi. Andava vicino ai muri, fino a sfiorarli, puntava gli angoli come un carro senza cocchiere che scende lento da un pendio, ma poi girava improvvisamente descrivendo un quadrato, un quadrato sempre più stretto man mano che ritornava verso di me. Voleva accerchiarmi, confinarmi. Sentivo la sua voce da lontano, come un'eco: "Porti dei soldi con te, forse un migliaio di ducati".

"Qualche migliaio."

"Non ti chiederò da dove provengono, non voglio saperlo."

"Lo sapete già. Lo sanno tutti, a Trastevere."

"I soldi, dipende come si usano. Se ti hanno condotta qui, possono servire a qualcosa."

"Non dubito che saprete ben sfruttarli," ho detto, con un poco di sarcasmo che ancora lei non coglieva. Non pensava che fossi intelligente. Né che fossi leale.

"Immagino tu abbia intenzione di donarli al convento, come tua dote, senza tenerne per te o per qualche altra opera pia. Sai, abbiamo molte spese, l'altare di Santa Maria è..."

"Sono tutti per voi. Potete metterli nel deposito comune. Questo è quanto vi offro. Ma gli accordi si fanno in due, sono ben abituata a pesare il panico e il sorgo e dovete accettare le mie condizioni. Altrimenti domanderò ospitalità a San Cosimato o a San Lorenzo. Se avrete la gentilezza di venire a leggerla, vi sottoporrò una bozza di contratto."

"Chi te l'ha scritta?" ha chiesto lei, stupita.

"So scrivere."

"Veramente?"

"Ho imparato."

Si è avvicinata, precipitosa, quando ha sentito il fruscio della pergamena che ho appoggiato davanti al pancaccio. L'ho attesa, e ho guardato in alto mentre si concentrava su quello che avevo scritto. Sul soffitto ci sono scene di guerra, forse Cesare, forse Alessandro, migliaia di uomini con gli occhi già pronti per l'inferno. Ci sono spade, teste, cosce di cavalli schiacciati a terra. Vedevo quel sangue, vedevo tutti quegli uomini, la dannazione di stare quaggiù.

Ho ripensato alla sassaiola, al trambusto di quel giorno.

Ripenso sempre a lui.

"Voglio una chiave alla porta, per chiudermi all'interno, senza che nessuno ne tenga una copia," le ho detto, mentre osservavo le sue dita ossute, vecchie, che scorrevano la mia proposta al lume di una candela.

"Ti è concesso."

"La cella migliore del convento, la più grande. Voglio una finestra con una grata larga. Voglio un camino e legna da ardere, in quantità sufficiente. Mi può capitare di sentir freddo anche d'estate, di aver bisogno di scaldarmi. Dovrete fornirmi una quantità abbondante di tronchi asciutti, quando serve, che brucino senza fumo. Voglio muschio e ambra, ogni due giorni, per profumare la stanza. Non voglio un pagliericcio, ma un materasso di cotone, foderato di lino. Voglio provarlo prima di sceglierlo. Voglio tenermi un tavolo, e una brocca, e avere qualcuno che mi porti dell'acqua, se la chiedo. E la libertà di accedere al refettorio, anche fuori dagli orari dei pasti; lo domando per scrupolo, anche se so già che non lo farò mai. No, non mi troverete a frugare nei sacchi di cereali. E voglio del vino dei Colli Albani, almeno una volta a settimana, finché vivrò qui."

"Questo si può fare."

"La stanza dovrà essere completamente spoglia, totalmente dipinta di bianco."

“Il soffitto? Qui ci sono affreschi ovunque; ma alcuni abbiamo dovuto coprirli, da quanto erano sconci.”

“Dovrà essere bianco. Non voglio vedere niente.”

“Forse posso trovarti una cella. Molto grande.”

“Basta che mi diate modo di riscaldarla bene.”

“Hai molti oggetti con te? Di quanti armadi hai bisogno?”

“Ho gettato tutto nel Tevere. Ogni brocca, ogni gioiello, ogni veste. Tutto quello che avevo adesso è nel mare.”

“Non hai niente?”

“Voglio avere uno strigile, e uno specchio. E avere disponibilità di essenze, nocciola e vaniglia.”

“Dovrai usarne con misura, senza dirlo a nessuno. A tutte è vietato imbellettarsi. In ogni caso, non dovrai dipingerti il viso.”

“E per chi dovrei farlo, per voi?”

“Per nessuno. Neanche per te.”

“Non mi farò vedere da nessuna. Voglio essere dispensata da ogni impegno, dalle ore e dalle litanie, dalle lodi e dalle liturgie. Verrò solo alla messa domenicale. Non voglio partecipare al capitolo, e non avrò alcun incarico, né di spazzare per terra, né di accogliere il papa se mai venisse a visitarci. Non diventerò ortolana, celleraria, bibliotecaria, infermiera, speziale o qualsiasi altra cosa. Una conversa si occuperà di pulire la mia cella almeno una volta a settimana con acqua profumata di lavanda.”

“Ogni tanto dovrai farti vedere dalle altre.”

“Solo se ne avrò voglia. E non credo mi capiterà spesso.”

“I pasti, però, li prenderai nel refettorio.”

“Se avrò appetito.”

Madre Domitilla si è alzata di nuovo. Il sole era sceso e adesso, mentre lei camminava, passava dalla luce all’ombra a seconda di come le finestre si proiettavano sul pavimento. “Ci sono alcune consuetudini, in questo convento. Ed è necessario che vengano rispettate. Bisogna trovare un buon equilibrio tra le tue esigenze..."

"...e la mia dote," ho provato a interromperla io; sapevo quanto valgo, sapevo che quelle donne amano ridipingere gli affreschi e tenere argenteria preziosa sotto i pancacci delle celle. Conoscevo i costi degli artigiani e degli artisti. Facevo comodo, a Sant'Apollonia.

"...e quelle del convento," ha completato lei seccamente. "Da noi, per esempio, è d'uso che le tovaglie degli altari non abbiano ricami."

"Va bene."

"Sono vietati i ricci nei capelli."

"I ricci non mi donano."

"E il bagno va fatto alla presenza di due consorelle. Le altre si lamenterebbero se tu facessi diversamente."

"In questo caso, vorrà dire che si lamenteranno. Non voglio che nessuno mi veda nuda."

"Vi siete stufata?" ha detto lei all'improvviso, per provocarmi, come a farmi capire che sapeva tutto di me, che non potevo averla vinta, che avrebbe avuto modo – ne era sicura – di ricattarmi.

"Pretendo una tinozza nella mia stanza. Ce l'ho sempre avuta, anche quando ero povera. L'aveva costruita mio padre, con i rami migliori che trovava sulle rive del Tevere."

"Mi stai chiedendo molto. Non lo dico per me, ma per te. I privilegi sono malvisti."

"Non a San Cosimato, a quanto mi dicono. Lì sono certa che mi accoglierebbero a braccia aperte."

"Da noi è così."

"Non darò fastidio a nessuno. Sarà come se non ci fossi."

"Devo fidarmi di te."

"Voglio che la tinozza venga riempita di acqua calda tre volte a settimana."

"Due."

"Va bene. Il mercoledì e la domenica."

"È vietato portarsi degli uomini nelle celle."

"E donne? Le donne vanno bene?"

"Perché usate così la vostra lingua?"

"Perché ho appena imparato da voi."

"Che impudenza!" ha detto la madre superiora, voltandosi con ostentazione verso una piccola Madonna di bronzo collocata tra le finestre. Si è fatta il segno della croce, e ha mormorato qualcosa.

"Ho l'impressione che abbiate udito troppe chiacchiere sul mio conto. Sono la donna più fidata che il buon Dio abbia creato. Non vi darò problemi su questo."

"Ci tengo alla tua reputazione."

"Pare che ci teniate più di me."

"Immagino che vorrai poter uscire dal convento, anche senza dover fare carità o elemosine o visitare i malati. Intendo per un teatro o una cerimonia. Bisogna saperlo per tempo, fare delle valutazioni: sai che il papa si raccomanda che..."

"Non voglio più uscire da qui."

Mi ha guardato un poco perplessa, ma anche interessata, come se le stessi svendendo una collana.

"Lo annotiamo sul contratto?" mi ha chiesto.

"È già scritto."

"Bene. Questa sarà la prova della tua umiltà."

"La mia dote è la prova della mia umiltà, dovrete farvela bastare."

Madre Domitilla era ferma davanti alla parete di sinistra, lì dove è ritratto il mondo intero, una carta geografica; l'Europa, l'Africa, l'Asia, e, tutt'intorno, gli oceani, grandi, spaventosi, pieni di tritoni che soffiano liquido nero dalle bocche rosse, dalle labbra esagerate.

"Vedi qui, Margherita? Chi avrebbe detto che c'era un altro pezzo di mondo dall'altra parte? Nessuno. Eppure c'è. Questo mi spaventa degli uomini. Questo mi spaventa di tutte voi. Che non vi accontentate. Che vi consuma il desiderio, che andate incontro alle tentazioni. Bisognerebbe stare al proprio posto, non cercare le cose che non si possono avere, rispettare quanto il Signore ci ha dato."

"Pare che il Nuovo Mondo sia bellissimo."

"Già mi immagino anche te, tra qualche tempo, quando il tuo dolore si sarà attenuato. Chi può dire che non cambierai idea? Che non vorrai di nuovo andare a vederlo, il mondo di fuori?"

"Ne sono sicura. C'è troppo male lì."

"In ogni caso, hai firmato," ha detto lei, soddisfatta. "È una prova della tua voglia di cambiare vita."

"Sono arrivata qui solo perché nessuno è riuscito a cambiarmela."

"Dovrai metterti i panni e il velo."

"Sono pronta."

"Dovrai moderare la lingua."

"Mi fate un favore: non parlerò con nessuna."

"E ricordati; è proibito tenere qualsiasi oggetto sul corpo. A pena di scomunica."

"Lo so."

Ho dovuto mentirle.

Dovevo ingannarla.

Il mio anello è tutto quello che mi resta.

Non posso lasciarlo nella tabacchiera delle essenze, sotto un'asse del pavimento, in qualche nicchia, o dietro la statua di san Pietro del corridoio. Devo tenerlo con me, sempre. Di giorno e di notte. Non posso rischiare che qualcuno me lo rubi, me lo porti via.

Ogni tanto lo tolgo dal collo.

Lo metto al dito, lì dove dovrebbe stare.

Ma poi ho paura che lo vedano, che mi spiino dalle finestre, che mandi un riflesso improvviso, un bagliore, e accechi qualcuno e qualcuno lo noti, dalla strada o dal giardino, e così mi portino via anche questo, come mi hanno portato via tutto, e allora lo nascondo di nuovo, lo rimetto al collo, lo stringo così forte che quasi mi soffoco, è l'unico modo perché non gonfi la veste, perché nessuno se ne accorga.

Perché il mio amore si deve nascondere?

Perché il mio amore non è un cigno, una nuvola, una stella, ma è come un topo, e deve scappare, uscire di notte, sentirsi in pericolo? Perché deve farsi piccolo come una briciola, uguale come una foglia, invisibile come una goccia?

Chi è che ha paura del mio amore? Chi vuole farlo prigioniero? Chi vuole ucciderlo? Chi vuole che non si mostri?

Cosa può fare di male, l'amore?

Ha forse le lame, l'amore? Ha le zanne come un cinghiale? Il veleno come una vipera? Gli artigli come una tigre? Punge come un tafano, scalcia come un mulo, stritola come una serpe?

Non ho mai fame.

Sento già che dimagrisco, che la pelle si avvicina alle mie ossa, quasi ci scava intorno, e anche le labbra mi sembrano meno piene, quando mi guardo allo specchio, ogni mattina prima dell'alba. Non ho appetito. Dal refettorio, poi, si spande tutto il giorno un odore di patate ed erbe amare. Il vapore delle pentole invade il corridoio, la cappella, sale fino ai nostri piani. Non si sente mai qualcosa di diverso, un brodo di cappone, un arrosto, figuriamoci un pasticcio in crosta. Per non parlare di un caffè. Ma forse anche quelli, ormai, mi darebbero il voltastomaco. Tutto mi nausea. Fatico a mangiare.

Qualche volta però sento un languore, un po' di vita, e allora scendo a pranzo. Arrivo sempre in ritardo, apposta, per non dover indugiare con le altre.

Il palazzo di Sant'Apollonia è bello, anche se sembra abbandonato, sinistro. Mostra più la vita che c'era prima, la vita che non c'è più, di quella che c'è adesso; le pitture maestose, piene di boschi e cattedrali, cavalieri e torri, ingialliscono sopra i crocifissi, gli intonaci di tutti i colori si staccano e piovono sulla testa delle Madonne. Sullo scalone è ritratto un Apollo che caccia la Notte per far entrare l'Aurora. Le stelle scendono per tutte le scale, rotolano gioiose, e scompaiono al portone d'ingresso. All'Apollo hanno dipinto dei mutandoni, per coprire le nudità, e per tutta la lunghezza dell'affresco sono state disposte le statue in marmo dei dodici apostoli, che guardano severi, quando si scende. Sotto di loro, ci sono scritte le virtù, forti nel marmo perché nessuno se ne dimentichi: amore, gioia, pace, pazienza, longanimità, bontà, benevolenza, mitezza, fedeltà, modestia, continenza, castità.

Il refettorio è subito dabbasso, ed è una stanza spoglia, umida, che un tempo fungeva da magazzino. Ai quattro lati ci sono nicchie di marmo, a coprire le colonne portanti. Non si sa perché sono state coperte. Le sorelle mormorano che vi fossero raffigurati quattro satiri che prendevano delle ragazze, ma forse è solo la loro fantasia, anche se non mi stupirebbe.

Entro che sono già tutte sedute.

Non saluto, cerco solo un posto, una scodella e un cucchiaio.

Vedo questi tavoli semplici, questa stanza bianca, con la luce che entra di sbieco in questa specie di seminterrato e non illumina niente, solo i veli tutti uguali, chini sui piatti. Le sorelle tacciono, una ragazza legge la storia del re Davide, "biondo dagli occhi belli e di piacevole aspetto", le altre rispondono alle invocazioni, e molte non sanno cosa sia, il corpo di un uomo. Scorgo un posto libero, ma una bimbetta piena di lentiggini si fa insolente: "Non sederti qui!", come avessi la peste. Allora interviene la superiora, mi prende per mano e mi sussurra: "Margherita, è questa l'ora di arrivare? Vuoi farti notare?".

"No."

"Sono contenta che tu sia scesa."

Mi fa sedere tra due vecchie che bevono solo una minestra; fanno fatica con i denti, succhiano rumorose. Non parlano; sono troppo stanche, riescono a malapena a sorbire e respirare. Del resto, non ho voglia di fare conversazione. Desidero solo qualcosa da mettere nello stomaco e ritirarmi presto. È che mi sento a disagio, mangiano tutte tranne me, mi spazientisco, attendo che passi la refettoria e mi riempia la scodella. Ma non mi vede, o forse lo fa apposta, devo richiamarla con un gesto: "Sei arrivata in ritardo anche oggi? Prima sono passata e non c'eri".

Patate ed erbe amare.

Le altre mi guardano.

Ci sono labbra carnose o sottili, nasi grossi o all'insù, zigomi duri o morbidi, guance vizze o rosse. Ci sono bambine e vecchie. Quella è sorella Porzia; è grassa, è infida, è forte, è la più fedele servitrice di madre Domitilla. Sorella Claudia ha già terminato, batte con le nocche sul tavolaccio, pare spazientita da chi mangia con calma, perché secondo lei prende troppo piacere dal cibo. E che piacere si prende da queste patate, la delizia del Nuovo Mondo! Quell'altra è sorella Agnese, l'ortolana, vecchia, tutta bianca, cieca dalla nascita. E poi ci sono queste ragazzine, corpi ancora acerbi, e mi domando cosa ci fanno qui, se hanno paura. Se non lo vorrebbero, un po' d'amore.

È che, quando si accorgono di me, mi guardano con occhi cattivi.

Io non sono come loro.

Sono una straniera.

Non c'è mai stato un posto in cui mi sia sentita bene in mezzo agli altri; non al forno, non alla Villa, e neanche qui. È il mio destino, stare da sola. È colpa del mio carattere, è vero; non è buono. Sono fiera, poco comprensiva, egoista. E poi trovo le persone noiose, insulse, paurose, specie dopo quello che mi è capitato, con il destino che ho avuto.

Ma forse è proprio il mio sangue.

Sono nata diversa.

Mi ricordo che la gente ci prendeva in giro, a Trastevere, e ripeteva che non si capiva niente di quel che dicevamo, con quella lingua aspirata che sembrava di un arabo, di un palermitano. I più erano bonari, ma alcuni erano rabbiosi. Non venivano da noi per il pane, ma per aggredirci: dicevano che gli portavamo via il lavoro. Che per colpa nostra altri forni avevano chiuso. Che avremmo dovuto pagare gabelle e tasse supplementari per il fatto di essere senesi. E così gli uomini probi venivano a controllare da noi più spesso che nelle altre botteghe, e chiedevano una quota, e siccome mio padre rifiutava ci comminavano sanzioni per il fumo che faceva la legna, e noi non avevamo i soldi né per pagare né per contestare. Una volta i trasteverini hanno scritto sul muro coi gessi: ANDATEVENE VIA. Io mi arrabbiavo. Ma mio padre puliva. E taceva. E si svegliava all'alba, scendeva al Tevere a prendere le rame e accendeva il forno. Prima di tutto, però, mi dava un bacio sulla fronte e mi lasciava dormire.

Mia madre non l'ho mai conosciuta.

Anche lei aveva i capelli neri, questo lo so, e un poco mi somigliava, e aveva una specie di grazia, qualcosa di leggero, qualcosa che si vedeva ancora, negli occhi di mio padre, quando pensava a lei. Era morta nel mettermi al mondo. Lui non ne parlava mai. Se fosse stata al suo fianco, non sarebbe stato così esausto, così disperato. È che mio padre era orgoglioso, era un padre, voleva esserlo con me, e si era ripromesso che le sue malinconie e i suoi problemi non sarebbero mai diventati i miei. Non me lo diceva, non si lamentava, ma sapevo che si sentiva solo.

L'aveva scelto lui, di andarsene da Siena.

"I ricordi sono peggio della morte."

Io ci provavo: infarinavo i pani neri e i bianchi, guardavo le carni cuocere. Si faceva presto a sbagliare, con il forno rovente, e se capitava c'era da risarcire.

Non ero brava, non avevo pazienza. E temevo di rovinarmi le unghie, di bruciarmi, di essere in disordine. Ero una femmina.

Ma volevo bene a mio padre, gli dicevo che non l'avrei lasciato per nulla al mondo.

Se solo penso a come è andata a finire.

Ero mora, sì, come le trasteverine, ma la pelle era più chiara, del Nord, e il sole romano la scottava presto, la arrossava, non la colorava mai come quella delle altre.

Mi piaceva Trastevere, anche se le strade erano pericolose; erano piene di briganti che sgozzavano le bestie, per portarsele via, ma anche la gente per qualche scudo o un pane, ed entravano nelle chiese per rubare le offerte e minacciare i sacerdoti.

È che mio padre non aveva scudi per pagare un garzone, e così mandava me a fare le consegne. Perché corressi meno rischi, dovevo indossare i pantaloni e raccogliermi i capelli sotto un cappellaccio. Così travestita, però, non mi si notava neanche. A me dispiaceva, e allora mi sistemavo i ciuffi sulla fronte di modo che un poco si vedessero scendere sulla guancia.

"Fai la strada che devi fare e torna subito," mi raccomandava mio padre.

"Va bene," rispondevo io.
Ma mentivo.
Mi piaceva, andarmene in giro.

Non posso farci niente: nella mia cella mi prendono i ricordi. Mi prendono come una tempesta prende una nave, come la luce prende un prato, come il fuoco prende il legno.

Quanto era bella, Roma.

Era diversa da Siena, tutta nuova, industriosa.

Roma pareva disabitata.

Tutto era in rovina. Erano ridicole, quelle casupole di tufo viterbese e intonaco, e poco altro, che il vento sembrava poterle portare via. Tettucci bassi, di paglia, stavano vicino a colonne, archi, templi, acquedotti giganteschi, che resistevano lì da chissà quanti secoli, finché qualcuno non sgraffignava l'ultima pietra, l'ultimo mattone.

Si camminava in mezzo a un prato, ed ecco che spuntava la statua enorme, distesa per terra, di un uomo stritolato dalle serpi, o di un ragazzino a cui si era infilata una spina nel piede. Erano fatte così bene che pareva di poterci parlare, di poterli aiutare, e i loro occhi erano pensierosi, profondi, buoni, e qualche volta disperati. Si andava ospiti in una casa, e il pavimento era di mille colori e di mille geometrie, e sopra c'erano raffigurati conigli, pesci, capre, perché un tempo c'era una villa, in quello che era diventato il ricovero di un poveraccio. Si arrivava sul Tevere, e si vedevano giganteschi pezzi di marmo abbandonati lì, lungo la riva, e qualche volta si vedeva anche un naso, una mano, o solo quel bianco infinito che le erbacce non riuscivano a macchiare.

Le distanze erano enormi, per come ero abituata io. Le case erano sproporzionate rispetto alla gente che ci viveva dentro. Ma erano belle, parevano dire che le cose finiscono, ma resta sempre qualcosa, di quelle grandi.

E poi, in una vietta, intorno a un pozzo, si scorgeva un bel popolo, una bella confusione. C'erano i carri che portavano le balle di fieno, le carrozze dei signori, i cavalli mori delle guardie. Al Macello de' Corvi c'erano i macellari, e tutte le carni migliori che venivano dalle campagne, i buoi, i porci, i polli. Alla Cripta di Balbo c'erano i candelottari, con le loro voci stentoree, tutta la cera e la luce. Al Flaminio stavano i funari più esperti, con le corde di ogni qualità e per ogni uso, per le navi e le carrucole, le vesti e gli animali. E poi c'erano i piscari, i calcarari, le belle botteghe dei fabbri, e ogni piccola strada diventava un mercato, e qualche volta un musico si metteva a suonare il liuto, e i ragazzi e le ragazze, ma anche i vecchi, cominciavano a ballare, tenendosi per mano, senza mai guardarsi. Si sentiva una gioliva, e quella strada sporca diventava il salone da ballo di un immenso palazzo.

Le donne uscivano di casa, un gruppo seducente nei loro calzari, nei loro sguardi distratti; i maschi si facevano belli, appena veniva la primavera. C'erano prostitute e sacerdoti, banditi e sfregiati, i malati e i matti, e poi gli stranieri, gli spagnoli, i francesi, i veneziani, i milanesi, gli schiavi russi, i tedeschi. E gli ebrei con le loro barbe lunghe, e qualche volta anche un saraceno con la pelle scura, gli occhi neri. E c'erano cani e gatti di tutti i colori, le mucche all'Arco di Settimio Severo e al Campo Vaccino, le pecore all'Arco di Tito e al Colosseo, qualche ronzino, e tanti bambini, che non facevano nulla o giocavano con le mazze di legno e la palla, anche se c'era il divieto. Ogni tanto si vedevano passare i pellegrini, sporchi, santi, che cantavano, in latino e nelle lingue di tutto il mondo.

C'erano tanti cantieri, di cose nuove che si costruivano, pareva sempre che stesse per succedere qualcosa di bello.

Anch'io ero bella.

Sin da quando ero ragazzina, al forno venivano anche per me. Non ero certo ricca né benvestita, ma avevo una grazia che non si vedeva spesso lì a Trastevere, e gli occhi sempre pieni di sorriso.

Avevo i miei corteggiatori: copisti, gestori dei bagni, magazzinieri, facchini.

Mio padre ne era infastidito, ma era un uomo pratico e si era accorto che stavo crescendo. Non pensava a risposarsi, e così, più che maritare me, desiderava trovare chi si sarebbe occupato del forno; ai miei corteggiatori non chiedeva le inclinazioni dei sentimenti, e nemmeno la consistenza del patrimonio; domandava solo: "Cuoce prima la crusca o il miglio?".

Il mio preferito era un saponaro che stava a San Callisto. Era biondino, occhi chiari e il volto tutto rosso. Pareva un privilegio, un vezzo, come prendersi un turco o un persiano.

La sera, prima di addormentarmi, mi immaginavo di uscire al suo braccio, di salire al Gianicolo a vedere la città dall'alto.

Non mi importava che non mi parlasse di poesie, di albe e tramonti. Non mi accorgevo che era un poco ottuso e si interessava solo di grassi e ceneri, e neanche trovava il coraggio di sfiorarmi la mano.

Per lui ho cominciato a dipingermi il viso.

Rubavo qualche pane per barattarlo da un farmacista con un po' di amido di riso che usavo al posto della cipria. Lo nascondevo in un cartoccio e me lo mettevo all'alba, quando mio padre scendeva ad accendere il forno. Non avevo uno specchio, e così mi sporgevo con una candela sopra un secchio d'acqua. Il risultato non era dei migliori: mi restavano piccoli grumi sulle guance e mio padre mi costringeva a lavarmi: "Sei solo una bambina! Cosa direbbe tua madre, se ti vedesse?".

Mia madre, ne sono certa, mi avrebbe capita.

Anzi, mi avrebbe consigliato lei le terre di Siena e la camomilla.

Sono ancora io?

O quando l'amore finisce si diventa un'altra persona, per sempre?

Sono ancora bella?

Non mi piace questo abito di sacco, mi prude. Non mi piace il velo, non mi sta bene, ingombrante com'è. Non mi piacciono queste corde, questi lacci. Allora mi spoglio, come se lui fosse ancora qui, come in quelle sere lente, compiaciute, opulente, in cui l'amore durava ore, veniva su dalla stanchezza di una giornata. Mi ricordo che lo prendevo in giro quando si pettinava a lungo, gli chiedevo se per caso non lo attraessero di più i maschi delle femmine e quando tornava tardi da un cantiere lo aspettavo a letto, nuda, e gli chiedevo come mai mi preferisse un pezzo di marmo di Carrara. Lo provocavo, e quella specie di fastidio era invece desiderio, e i corpi nudi, visti mille volte, diventavano nuovi.

Faccio scendere la veste sotto i seni, raccolgo i capelli. Provo a guardarmi.

Mi ricordo di quello che dicono i poeti.

Tre cose lunghe: capelli, mani e gambe.

Tre cose corte: denti, orecchie e mammelle.

Tre cose larghe: la fronte, il petto, i fianchi.

Tre sottili: i capelli, le dita, le labbra.

Tre cose piccole: la bocca, il mento, i piedi.

Tre bianche: i denti, la pelle, le mani.

Tre rosse: le guance, le labbra, i capezzoli.

Tre nere: le ciglia, gli occhi, e la terza.

Sono ancora bella.

Sono io, ancora.

Ma è già come se fossi più vizza, come se il dolore mi avesse asciugato.

Il mio sguardo è diverso. Ha perduto la luce.

Il dipinto se l'è presa.

Il dipinto ci ha portato via tutto.

Tutta la nostra vita è finita lì dentro.

Non avevo neanche quindici anni.

Ero uscita dalla bottega, sudata per il caldo del forno. Altro che imbellettata: ero sporca, i capelli in disordine e il volto arrossato dal calore delle braci.

Da sotto l'arco di Porta Settimiana ho visto lo sfarzo di una carrozza dorata, con le porte dipinte di blu e le ruote di rosso, immacolate. Era emozionante vedere i signori.

In mezzo alla via c'era un carro. Passava spesso, faceva rumore sul selciato. Era di un vecchio senza denti, si diceva che di notte trasportasse cadaveri e che di giorno picchiasse la sua bestia. Il somaro, per vendicarsi delle angherie, si era fermato. Il vecchio aveva tentato di scudisciarlo dalla cassetta, ma quello non si muoveva.

Parteggiavo per il somaro e, incuriosita, mi sono avvicinata. Dentro la carrozza mi immaginavo di scorgere qualche ricco grassone proveniente da Borgo.

Invece, c'era lui.

Aveva i capelli neri, lunghi e curati, e gli occhi scuri, onesti, il mento sottile, fiero. Era già un uomo, era ben più grande di me, ma aveva ancora la magrezza, la purezza della gioventù. Indossava una veste di seta nera, elegantissima, ricca, e teneva un berretto appena inclinato, a mostrare la fronte.

Si guardava intorno, sbuffando. E allora mi ha visto, lì, a piedi scalzi, le gambe scoperte, le braccia nude, gli stracci indosso. Non ha detto niente, ma nel suo sguardo c'era lo stesso mio stupore.

L'asino ha ceduto, la carrozza è ripartita.

Da che l'avevo visto ero in tormento.

Aveva qualcosa, una raffinatezza, una luce, un modo di sorridere, che mi aveva stregata.

E così mi appostavo sulla porta e sussultavo se al forno entrava qualcuno che mi ricordava lui, o aveva i capelli scuri, o abiti più eleganti dei cenci con cui ci si vestiva a Trastevere. Perdevo tempo, quando uscivo per consegnare il pane, camminavo, se mi era possibile, per i vicoli più larghi, quelli dove passavano le carrozze, e temevo ogni volta che rientrare mi avrebbe impedito di rivederlo.

Se sentivo uno scalpiccio di zoccoli, mi voltavo.

Aspettavo una carrozza da Borgo.

Borgo era diversa da Trastevere.

Aveva mura che, da lontano, sembravano più alte e robuste delle nostre, e molti edifici nuovi, eleganti, bianchi e colorati, anche di tre o quattro piani. Le strade erano pulite, senza fango. Non pareva di stare a Roma, se non per la polvere e i calcinacci che venivano da San Pietro e per qualche fornace di mattoni dove gli schiavi andavano a caricare la merce. A Borgo c'erano tanti ospitali e scuole per gli stranieri, e molte stufe, dove gli uomini andavano a fare i bagni e a incontrare le donne. Lì vivevano gli uomini soli; i preti, principalmente, e i forestieri appena giunti in città. Lì non c'erano le madri che si vedevano a Trastevere, le ragazze strette nelle cuffie che la domenica a Santa Dorotea si fingevano timorate di Dio, e nemmeno le matrone con i capelli grigi che sembravano vivere da secoli, sedute lungo la strada, dure e forti come i tronchi incastrati tra i sassi che il Tevere non riesce a portarsi via. Le uniche donne di Borgo erano tante belle prostitute, che venivano anche da fuori, anche bionde, anche rosse, anche mulatte; poche se ne stavano con il lume per le strade. Perlopiù, i loro commerci viaggiavano dentro lussuose carrozze, o si svolgevano dietro porte o impannate piene di fregi.

Borgo non mi piaceva.

Non mi sembrava un posto vero, una vera città. Sì, c'erano le belle facciate di quei palazzi con le finestre alte quanto un uomo, tutti gli stemmi e i marmi; ma lì dentro era impossibile sbirciare. Per le vie, nelle piazze, lì dove potevo guardare io, non c'erano botteghe dentro cui curiosare; si trovava appena qualche banco di merci troppo costose – pietre preziose, tiare, fiaschi di acqua termale.

Non ci andavo spesso.

Ma ogni tanto capitava, e mi perdevo lungo la strada. Via della Lungara era piena di ulivi e viti, grano trascurato, bestiame; ma il fango era stato lastricato, si vedevano le impalcature di case e conventi, e, soprattutto, il muro alto come due uomini di un grande palazzo che tutti chiamavano "la Villa", che stava proprio vicino alla Porta.

Era la cosa più bella che avessi mai visto.

Aveva due file di finestre ampie, bianche di marmo, e, sotto, quelle piccole del mezzanino, che parevano nidi di rondini. Sui fregi c'erano arance e mele, putti e festoni. E poi c'era un grande giardino, ordinato, odoroso, pieno di limoni, zagare, mandorle, peri, con il profumo dei lauri, le fontane d'acqua del Tevere, una grotta che scendeva al fiume. Ed enormi scuderie. Pareva che gli dèi dovessero scendere dall'Olimpo per venirci ad abitare.

Ogni volta che passavo di lì, spiavo oltre il cancello per scorgere chi ci viveva, e fantasticavo su cosa mangiavano, dove dormivano, che musica e che poesie ascoltavano. Sapevo che possedevano sedie, sete, bicchieri, le cose che venivano dal Nuovo Mondo. Ero troppo ingenua per immaginare le feste a cui avrei partecipato qualche tempo dopo.

Proprio lì, in quell'incanto, un giorno è accaduto quel che più attendevo. Sul sentiero davanti all'ingresso, ho scorto il giovane della carrozza. Parlava a scalpellini e facchini. Era cordiale, radioso. Dev'essere il padrone della Villa, ho pensato, il proprietario di quell'incanto. Così ho chiuso gli occhi; quella cancellata di ferro non esisteva più, potevo raccogliere le arance, rinfrescarmi alle fonti, passeggiare al suo braccio.

Ho aperto gli occhi.

Il giovane veniva nella mia direzione.

Mi puntava, deciso e lesto come i tori a piazza Navona. Io non me l'aspettavo, sono corsa via. Ho varcato la Porta, e mi sono persa per le stradine, eccitata, e lui continuava a seguirmi. Se ero convinta di averlo lasciato indietro, rallentavo e lui spuntava da un vicolo, e allora ne imboccavo un altro, e fuggendo sorridevo, avevo un'allegria, un desiderio che saliva, che mi mozzava il fiato.

Alla fine, sono sbucata sull'argine. Lì non c'era modo di nascondersi; mi sono tolta i calzari, li ho presi in mano e sono entrata nell'acqua fredda.

Lui era a pochi passi da me. Non si è tolto gli stivali, non si è rimboccato i pantaloni. Elegantino com'era, non voleva bagnarsi. "Madamigella, come vi chiamate?"

C'eravamo solo io e lui, il fiume, il sole alto.

Era un po' diverso da come me l'ero sognato, a dire la verità. No, non aveva spalle larghe e braccia forti, non era un soldato, un lottatore, non era come gli uomini di Trastevere, robusti, massicci. Sembrava, anzi, magrolino, indifeso dinanzi alla potenza dell'acqua. Ma mi piaceva. Mi piaceva ancora di più perché gli trovavo i difetti.

"Ghita," ho detto.

E mi sono tuffata.

Mi ricordo la scena.

Mio padre magnificava le virtù della segale: "Fa una pasta scura, dura e aromatica". Non si era accorto di me, e così ero sgattaiolata nella stanza al piano di sopra attraverso la scala a chiocciola. Stavo cercando un panno per asciugarmi quando mi ha raggiunto. Le mie impronte erano ovunque. Aveva pensato che mi fossi lavata i piedi in una pozza, ma quando mi ha visto zuppa dalla testa ai piedi, con l'acqua che gocciolava dai capelli, mi ha dato uno scapaccione.

"Dove sei stata?" gridava come una furia.

"Un uomo mi inseguiva, voleva rapirmi! Uccidermi! Prendermi la verginità! Per salvarmi ho dovuto gettarmi nel Tevere."

"E cosa ci facevi, al fiume?"

"Era l'unico modo per fuggire! Lui aveva vesti preziose, non si sarebbe mai buttato in acqua. Altrimenti, non mi sarei salvata! Se non fossi stata così coraggiosa, non mi avresti vista mai più. Mi avresti trovata a pezzettini, un braccio di qua, una mano di là..."

Mio padre non mi credeva. "Ma com'è che sei venuta su così? Sei troppo libera!" mi ha detto. "Se continui in questa maniera, nessuno ti sposerà mai."

"È sorella Margherita."

"Non scende mai in refettorio."

"Non viene alla messa domenicale."

"Non rispetta gli orari."

"Non partecipa al capitolo né ai lavori."
"Non è poi così malata come dicono."
"Non devi darle confidenza, sai, è molto malvista."
"Quando passa lei, la superiora si fa il segno della croce."
"Nella cella ha molti strumenti del Demonio."
"E molti uomini."
"Le piacciono, gli uomini."
"Gli uomini la fanno impazzire."
"È vorace, lussuriosa."
"Sa tutte le posizioni per fare l'amore."
"Era una concubina."
"Era una prostituta."
"*È* una prostituta."

Sento le loro voci, le calunnie, quando passo nei corridoi, vado al refettorio o verso la biblioteca. Alla mia vista abbassano lo sguardo, cominciano a mormorare. Non si spiegano i miei privilegi. Sono invidiose. Sono brutte. Controllano se ho lasciato un ciuffo di capelli fuori dal velo. Se ho messo qualche profumo o qualche essenza. Le novizie sono le più tenaci, le più violente contro di me, ma ci sono anche le forzate, le pericolanti, e le vedove dissolute, anche quelle che hanno conosciuto l'amore, che dovrebbero sapere quanto dolore c'è sotto.

Tutte raccontano la mia storia senza saperla; dicono che il mio amore è falso, che lui aveva tante donne, principesse e cortigiane, che io ero solo una che gli piaceva.

È che io devo tacere, non posso dire niente.

Non posso dire la verità, raccontare com'è andata davvero la mia storia, fino a che punto ci siamo amati; sarebbe la fine. La mia storia non piace ai cardinali. E così mi toglierebbero l'unica cosa che mi resta, l'anello che ho appeso al collo. L'anello che Giulio mi ha tolto.

Mi torna sempre più spesso in mente quella notte di tanti anni fa. Gli occhi di quel ragazzo sopra il tavolaccio. Il suo petto nudo, le spalle larghe. Era grande come un toro. Il sangue gli usciva a fiotti, come fosse una bestia al Macello de' Corvi. Quando l'ho visto non ho domandato nulla di lui, non ho avuto pietà, non gli ho nemmeno chiuso le palpebre; mi sono limitata a farmi un segno della croce, ma per me, non per lui. Finché il mio amore era in vita, il ricordo di quella serata mi è sempre sembrato irreale, solo un'emozione diversa, solo una cosa in più che avevamo fatto noi due.

Ero in agitazione dal mattino. "Stasera andiamo," mi aveva detto, e io sapevo già cosa intendeva, ne avevamo parlato; dividevamo tutto, anche le paure. Lui era più spaventato di me, temeva il sacrilegio e la galera.

"Sì."

"Sei sicura? Guarda che prende allo stomaco."

"Secondo me, sarai tu a perdere i sensi."

"Mettiti un mantello, copriti. Fa freddo lì."

Al calare della notte siamo usciti da soli, dritti da via Scossacavalli, e poi, con una torcia, siamo andati verso l'ospitale di Santo Spirito. Erano pochi passi. La strada era vuota, senza un mendicante, una guardia. Era come se tutto dormisse, ci preparasse al silenzio. Ma a noi cosa importava? Non avevamo rispetto, eravamo giovani, vivi; ci baciavamo, ci abbracciavamo, lui mi strizzava il seno, dicendo che tanto nessuno ci vedeva, io fingevo di essere scandalizzata e per ripicca lo pizzicavo sul sedere. Ridevamo.

"Ghita, smettila... siamo arrivati."

Ha bussato a una porta laterale, e subito un frate ci ha aperto, ci ha fatto spegnere la torcia, ci ha guidato in un sotterraneo. Tutto era umido, si sentiva il rumore dell'acqua, c'era un rigagnolo putrido. Abbiamo camminato lungo un andito stretto, scivoloso, verdastro, finché siamo giunti in un piccolo slargo. "Ecco, lì c'è il passaggio segreto," mi ha detto, e mi ha indicato una scala nera, mezza bruciata dalle torce. Si sbucava da lì in un altro corridoio, pochi passi e c'era un uomo paonazzo, calvo, sudato; un russo. Gli ha dato un sacchetto pieno di danari, il russo gliene ha chiesti ancora, lui ha aggiunto qualche scudo e l'altro ha mosso la testa in segno di gratitudine. Poi ci ha portati fino a una tenda rossa, e l'ha spalancata.

"Spegnete le candele quando ve ne andate."

Il cadavere era in mezzo alla stanza, sopra un tavolo di pietra.

"Abbiamo poco tempo," mi ha detto. Gli odori della morte non erano ancora così intensi, ma si sentiva già qualcosa, come se lì ci fosse una bestia e non un uomo, e mi dava un poco di capogiro, mi inebriava. Il pittore si è avvicinato e ha cominciato a tastare il corpo, con i guanti, e poi a guardarlo, e a inciderlo, con un piccolo coltello, e a pulire il sangue che usciva, gelido. Voleva vedere i nervi, i muscoli, le ossa.

"Questo è il cuore di un uomo," mi ha detto, e io l'ho visto, il petto aperto, immobile.

Il volto del ragazzo non potrò più scordarlo.

Non doveva avere più di quattordici anni, ed era povero. Si vedeva dalle mani rovinate, dai denti guasti. Forse, era stata la sua famiglia a venderlo. O forse invece non aveva nessuno, l'avevano trovato per la strada. La morte e la nudità, però, gli avevano tolto la bruttezza, gli avevano dato dignità.

Dunque, la morte era così, tutto quel freddo. E i corpi erano così, pieni di cose sporche, rossi, fragili.

Poteva avere la nostra età, più la mia che la sua.

Ma allora ci sembrava che la morte non ci riguardasse.

No, a noi riguardava solo la vita.

Ci riguardavano le poesie, le vette dei colli, i colori, il liuto, la pioggia e gli oroscopi, il caffè e i granchi, il fiume, la paura, la scossa che dà la pelle quando qualcuno la ama, gli occhi che si guardano, i lampadari della Villa con quaranta candele, gli otri e le nuvole, le arance. Ci riguardava la notte, più di tutto, il profumo dei corpi vivi, le lenzuola e i sotterranei, le lampade, il colore dell'erba, la grazia delle farfalle, l'impeto dei cavalli, la sete, il sonno dell'altro, i capelli, i veli, le porte, le stelle.

Io gli piacevo.

Gli piacevo perché ero testarda, e fiera. Gli piacevo perché sapevo fargli del bene, perché non andavo mai a cercarlo, perché lo lasciavo libero, perché non ero gelosa, non così tanto perlomeno. Perché avevo qualcosa che nessun'altra aveva, come un potere di capirlo, di calmarlo, di farlo sentire nell'unico posto dell'universo dov'era felice di stare, anche se poi voleva andarsene, anche se poi la fretta lo spingeva fuori, a cercare qualcun altro che gli dicesse quanto era bravo, a fare quel che sentiva di fare. Ma era sempre felice, perché era sicuro di poter tornare da me.

Dio, mi ascolti? Ci sei?

Dio, perché tutto questo?

Perché non potevamo amarci e basta?

Perché me l'hai portato via?

Non facevamo male a nessuno.

In fondo sono giovane, ho poco più di vent'anni.

Sono bella.

Potrei ancora sedurre e partorire, accarezzare e ingannare.

Ma questo corpo non serve più a niente.

Nessuno mi vedrà mai più.

Nessuno vedrà più le mie spalle, e mi dirà che pare che ne

scenda il miele, e nemmeno i miei piedi, così piccoli, così freddi. E neanche questi seni dolci, questi capezzoli sottili, chiari, dove lui si addormentava e che chiamava l'Olimpo e il Parnasso, quando si metteva a baciarli, e quando ne baciava uno, l'altro lo stringeva forte. Queste mani non accarezzeranno più nessuno, queste braccia non scalderanno più un petto, e questo naso non sentirà più il profumo acre dell'amore, che piace solo quando ci si tuffa dentro, come un mare freddo. No, nessun uomo mi solleverà più da terra, né mi dirà più che peso meno di un fringuello, o che ho la testa dura come un capretto e gli occhi larghi come un fiume.

Il mio amore è morto.

Ho passato centinaia di notti ad attendere. E adesso non ho più niente da attendere.

No, nessuno busserà a questa porta, nessuno mi porterà una rosa.

No, Baviera non verrà, stanotte.

Baviera è l'uomo più brutto del mondo.

A quest'ora sarà in un'osteria di Borgo con le mani allungate su un paio di cosce a pagamento.

Ha un enorme naso su un corpo sottile. Accento tedesco, odore di tabacco e di vino. Mani viscide, sacchettini pieni di scudi tra le pieghe della tunica, in mezzo alle briciole di non so cosa. E poi un grande mantello, che copre stiletti e coltelli sporchi, al massimo, del sangue di una bistecca.

È venuto un giorno con un carro pieno di orchidee. Altro che il brodo di gallina che mi portavano gli altri! Mio padre ha sbuffato, perché temeva che non avrei resistito a quella corte. Ma non doveva preoccuparsi: un uomo così non lo avrei voluto neanche se mi avesse coperto di oro massiccio. E poi chi era? Un commerciante? Un notaro? Il capo di una banda di briganti? Certo non un cavaliere; uno così, un cavallo l'avrebbe disarcionato subito, solo per antipatia.

Baviera era insistente; portava libbre di carne, cacciagione e, qualche volta, del caffè. Tutti i miei vizi, a dire il vero, sono cominciati a quell'epoca.

Mio padre tentava di rifiutare, ma alla fine cedeva, perché eravamo troppo poveri per privarci di quel cibo. E perché poteva donarlo a qualcun altro, a Trastevere, che aveva ancora più bisogno di noi.

Una notte ho sentito gli zoccoli sul selciato, il nitrito dei cavalli.

Mio padre dormiva accanto a me, sullo stesso paglericcio, ma aveva il sonno pesante. Così mi sono affacciata, e mi sono stupita: proprio lì, sotto la mia finestra, illuminata dalla luna, c'era la carrozza dorata, con le porte blu e le ruote dipinte di rosso! Era finalmente venuto!

Forse aveva fatto un viaggio d'affari in qualche terra straniera, o magari era andato a controllare enormi coltivazioni di grano della Puglia, certo doveva esserci un motivo se non mi aveva cercato prima. Scrutavo la porta della carrozza, aspettavo di vedere i suoi capelli, il berretto, il bel passo elegante. E invece è uscito di lì quell'odioso tedesco!

L'incredulità e il dispiacere, però, sono durati poco; evidentemente, quell'uomo era un servitore dell'unico spasimante che volevo, era da lui che venivano tutti i doni.

Il tedesco ha alzato lo sguardo, ha fatto un ghigno, vedendomi per la prima volta, e mi ha lanciato dei fischi per dirmi di scendere, ma io mi sono spaventata, e mi sono ritirata dentro casa. "Ehi! Vieni giù," ripeteva quella voce.

Mi sono coricata di nuovo, ero inquieta, mi sentivo una stupida. Anche quella volta non sono stata capace di far niente, e dopo un po' la carrozza è ripartita.

Al mattino sono andata da mio padre, con l'aria più innocente del mondo.

"So chi è il tedesco che viene a portarmi i fiori. È il servitore di un uomo potente."

"Lo so anch'io," ha detto lui, senza smettere di infornare il pane.

"E allora perché non siete contento?"

"Proprio per questo."

"Non capisco."

"Tu, piuttosto... non l'avrai già incontrato, quest'uomo potente, nelle tue scorribande?"

"No, mai. Non so nemmeno che aspetto abbia."

"Sicura?"

"Potessi morire qui."

"Se l'avessi visto, te ne ricorderesti. Dicono che sia non solo ricco, ma anche molto bello."

"A me interessa solo che sia di buoni sentimenti e giudizioso."

"Lui non lo è di certo."

"Perché dite così?"

Ha fatto una pausa. Mi ha guardato, si è strofinato le mani sul grembiule e si è appoggiato alla pala del forno con un'aria austera, solenne. Ha riflettuto, ma poi ha pensato che fosse sufficiente dire: "Non fa per te".

"E per quale motivo?"

"Non fa per te un uomo che può avere tutte le donne che vuole."

"Ma lui vuole me."

Mio padre è scoppiato a ridere. "Tu non capisci, Ghita. I signori vogliono ingannarti. Tu hai bisogno di un bravo ragazzo di Trastevere, che distingua il panico dal miglio. Non di un ricco signore che vuole soltanto prenderti e, dopo essersi trastullato, abbandonarti."

"Ma io gli piaccio. Altrimenti non manderebbe il suo servitore per me."

"Ma lo senti come parli?"

"Quell'uomo farà di me una principessa."

"Sei un'illusa. A quelli così piacciono tutte le donne. E ogni donna gli piace per poco tempo, finché l'hanno conquistata, o finché si stufano. Sono annoiati, perché possono avere tutto. Quel che non hanno, vogliono. Quel che ottengono, distruggono."

Mio padre aveva ragione a preoccuparsi della mia felicità.

Ma quello era il mio destino.

E il destino lo sanno soltanto la luna e il sole.

Ero piena di quell'amore, gonfia come un acino d'uva, un torrente in primavera, una foresta.

Ogni giorno scendevo al fiume per cercare il più bello dei fiori, e attendere che tornasse la carrozza. Ogni giorno pregavo Dio che tornasse. E pregavo la Madonna che mio padre non si svegliasse di notte.

La carrozza è venuta.

Ho sentito i cavalli nitrire, mi sono affacciata. Ho lanciato il fiore. Quei petali erano il mio cuore, non c'era motivo di dubitare dei miei sentimenti!

Il tedesco ha guardato il fiore nell'aria, ma ha continuato a masticare tabacco; non ha fatto un cenno, non lo ha raccolto da terra, poco ci è mancato che lo calpestasse. Mi ha guardato e ha fatto un gesto spiccio, maleducato, "scendi giù!", e poi mormorava "vieni...", con quei suoi denti orribili.

La carrozza veniva ogni sera.

A ripensarci, sorrido. Per dimostrare il mio amore, lanciavo qualcosa, un dono; una melagrana, la penna colorata di un pavone, una ciocca di capelli. Avrei fatto meglio a mandar giù direttamente una cintura, una camiciola, o una braghessa! I maschi sono ben semplici.

E infatti, dopo qualche sera, me ne sono resa conto.

Quando la carrozza lasciava la mia casa non imboccava subito Porta Settimiana, non tornava alla Villa.

Proseguiva per i vicoli di Trastevere.

Il tedesco aveva un compito; se non poteva caricare me, cercava altre donne per il suo padrone. Così, dopo un po' da che se n'era andata, la carrozza rispuntava all'altezza della Porta, e sentivo che era piena, che dentro c'erano ragazze che festeggiavano, con i loro gridolini di gioia, odiosi. E non era una sola, erano due, tre! Se le portava a casa! Dunque, il ragazzo non era innamorato di me! Aveva ragione mio padre! Che razza di farabutto era? Quanta lussuria si nascondeva dietro quello sguardo angelico? Io mi ero sognata che volesse solo me, che io potessi bastargli. Invece no.

Le voleva tutte.

Le poteva avere tutte.

Non mi sporgevo più, di notte.

Singhiozzavo, mi mancava l'aria, mi pareva di non essere più capace di respirare.

Il mio grande amore era sbagliato.

Ma questa certezza non mi faceva stare meno male.

Impazzivo di gelosia. Ripetevo le parole dei poeti. *Regnano i sensi, et la ragion è morta. Voglia mi sprona, Amor mi guida et scorge.*

Perché le altre potevano avere quello che io desideravo?

Era un tormento. Alle altre importavano, forse, la sua ricchezza e il suo potere. A me no. A me interessava soltanto lui, la sua felicità. L'avrei amato per sempre! Anche se fosse stato un poveraccio!

La carrozza continuava a venire ogni notte, e veniva sempre da me. Andava a cercare delle altre, meno belle, meno virtuose, solo perché io non mi concedevo. Le altre non gli interessavano, erano un modo per provocarmi, per convincermi. Era astuto. Io non conoscevo gli uomini, non immaginavo nemmeno i loro artifici.

Era me che voleva.

Stanotte ho sentito un rumore.

C'era qualcosa nell'aria, un odore, come di un animale sui travi del tetto. Ho pensato a un sorcio che si era arrampicato, a un uccello incastrato nella grata, o a un grosso insetto, così grosso da fare tutto quel rumore. Mi sono spaventata, ho acceso la candela ma non ho visto niente. Allora ci ho soffiato sopra, è tornato il buio, e in quel momento ho sentito un altro piccolo colpo, così mi sono stretta nella veste da notte e sono avanzata verso la porta.

"Sorella Margherita... Sorella Margherita..." Era un sibilo.

Ho messo le mani sulla maniglia, ho spinto, ma la porta non si spostava.

"Non aprite," mi ha detto. "O mi farete scappare via."

Era la voce di una bambina, una voce sottile, che non avevo mai udito prima.

"Chi sei?" ho chiesto.

"Non importa."

"Vieni dentro."

"No, non voglio che si sappia che vi ho cercata."

"Non lo dirò a nessuno."

"I vostri occhi, vedendomi, mi tradirebbero. Mi chiuderebbero nella cella delle incorreggibili."

"Ti conosco?"

"Forse non vi siete accorta di me. Nessuno si è accorto mai di me."

"Che cosa vuoi?"

"Farvi una domanda."

"A me?"

"Che cos'è l'amore, sorella Margherita?"

"Non lo so."

"Pensateci. Devo saperlo. Tornerò domani notte, per chiedervelo di nuovo."

L'amore.

Per me, è la prima sera di tanti anni fa.

Quella stanza piccola, il pagliericcio, la mia finestra a punta da cui vedevo tutta Trastevere, e mi sembrava grande come il mondo. Quel vento che avevo nella testa, che mi agitava i pensieri come foglie.

Sentivo il mio corpo come se non fosse mio.

Ero un furore, pregavo, sudavo, mi vergognavo, stavo ferma, attenta che mio padre non si accorgesse di niente, che non indovinasse i miei propositi. Avevo deciso di andare da lui, ma poi ci ripensavo, cambiavo idea. Dovevo farmi pregare ancora, piacergli, incuriosirlo. Anzi no, dovevo essere pronta per non perdere altre occasioni. Mi sono pettinata tutto il pomeriggio, i miei capelli erano soffici, ma continuavo a cambiare il modo di acconciarli, perché non mi piacevo mai, e poi mi sono colorata gli occhi con delle polveri blu, come fossi una di quelle regine che vedevo nei mosaici di Santa Maria. Ho preso l'unico velo che avevo, per nascondermi, per non farmi vedere subito, per farmi desiderare. Ho strofinato a lungo i calzari, li ho fatti brillare più di un raggio di luna sul mare. Ho scelto una veste azzurra, che tenevo per la domenica. L'ho lasciata all'aria per ore, perché prendesse il profumo del vento fresco. Mi sono coricata vestita, sperando che mio padre non se ne accorgesse; era buio, è arrivato che era già tardi, esausto, e subito si è messo a russare.

Appena ho sentito la carrozza, ho cominciato a titubare, a emozionarmi, mi sono alzata, facevo un passo avanti e uno indietro, pensavo a mio padre, pensavo a me, a quello a cui stavo andando incontro, al fatto che non sarei più potuta tornare indietro.

Sono scesa.

Baviera non si è stupito dell'audacia; aveva visto tutte le giovinette di Trastevere cedere alla corte del suo padrone, dovevo sembrargli solo l'ennesima che trovava conveniente concedersi. Mi ha fatto entrare nella vettura, si è seduto, non mi ha detto nulla. Fischiava. Dal suo corpo, dai vestiti, veniva un olezzo di vino.

I sedili erano di morbido velluto, non avevo mai tastato tessuti così, altro che le panche di casa mia piene di schegge. Ero combattuta: una parte di me voleva che nessuno mi notasse, ma un'altra desiderava che tutti si accorgessero di cosa stava succedendo, che tutti sapessero che quell'uomo voleva me, non le altre.

I cavalli trottavano rumorosi su via della Lungara, non accennavano a rallentare, e avevamo superato la Villa, e poi una chiesa, e un convento.

Si proseguiva per Borgo; dove mi stava portando? Rubava la carrozza del padrone, la notte, per i suoi comodi? O era proprio il padrone, invece, che mi avrebbe condotta in riva al Tevere, e lì sgozzata e uccisa?

Appena passato l'ospitale, però, il cocchiere ha tirato le briglie davanti a un palazzo e Baviera mi ha fatto scendere. Nessuno ci è venuto incontro, e lui mi ha fatto strada verso un portone con due bracieri spenti che mandavano ancora l'odore del fuoco. Mi ha fatto girare intorno all'edificio, finché, in una viuzza, si arrivava davanti a un'apertura che conduceva a un corridoio e, da lì, a una grande stanza, fredda.

Non capivo dove mi trovavo.

L'unica cosa di cui ero certa è che non ero mai stata in un posto del genere. C'erano tanti tavoli, assi di legno, marmi e paglie, piccole vasche che non sapevo cosa contenessero:

polveri, pietre. C'erano odori strani, mai sentiti, acri. Altro che melissa e rose, come mi ero immaginata. C'era puzza, anche se diversa da quella di Trastevere, una puzza che a Trastevere non avevo mai sentito, che mi grattava la gola.

"Ci siamo quasi," ha detto il tedesco.

Sopra uno sgabello, oltre il lume di una candela, era assorto il giovane. Fissava qualcosa davanti a sé, non si era accorto di noi.

L'ho guardato.

Era lui.

Erano quelli i capelli, erano quelle le mani; quelli erano gli occhi che volevo mi guardassero.

Non avevo parole da dirgli. Ho pensato solo che volevo accarezzarlo, stringerlo, scaldarlo. Ho pensato che volevo fargli del bene, volevo che Dio lo benedicesse, che gli concedesse la fortuna. Ho pensato che lo volevo solo per me, che non volevo che nessun'altra potesse vederlo, sfiorarlo, parlargli. Ho sentito il suo profumo. L'ho riconosciuto in mezzo a tutti gli altri odori, e sono stata certa che avrei potuto diventare cieca e sorda in un istante, ma quel profumo non l'avrei mai perduto.

Baviera lo ha richiamato con un "messere!", e lui si è alzato. Probabilmente, non sperava più che avrei accettato la sua corte: "Sono felice che siate qui".

All'improvviso, ho capito.

Era una bottega.

Era la bottega di un pittore.

Tutto intorno c'erano mestiche, vernici, acidi.

Mi sono avvicinata a lui.

Aspettavo che mi venisse incontro, le mie labbra aspettavano il suo bacio, volevo il suo amore, volevo scoprire com'era, volevo che tutto accadesse, ma lui continuava a fissarmi, solo e soltanto a fissarmi, come neanche fossi vera.

"Tu sarai la mia modella."

Perché mi sono innamorata di lui?

Nessuno lo sa mai, perché si innamora.

Non è stato facile, amarlo, ma è stato naturale.

Lui piaceva alle donne. Ah, gli sguardi svenevoli quando passava! Ah, le ragazzine smaritate coi seni al vento sui carri del Carnevale! Ah, le storie sui suoi lunghissimi amplessi con le cortigiane che Giulio e gli altri suoi allievi mi raccontavano per farmi ingelosire!

Piaceva a tutti, in realtà.

Anche lui era uno straniero, ma di un'altra razza. Di quelli ricchi, talentuosi, che alla gente piace avere intorno, di quelli il cui accento è "adorabile", un vezzo, "Urbino è così graziosa", "a Urbino arriva gente da ogni dove". Urbino, e non Siena! Ma figuriamoci.

Era diventato un trofeo. Attirare la sua attenzione, conquistarlo, possederlo era ormai una moda a Roma. La gente si rendeva ridicola, perché lui era famoso. Tutti erano lusingati di dire che lo conoscevano, che gli avevano parlato, che aveva accettato un invito a desinare, che aveva mangiato con le loro stesse posate, visitato le stalle facendo complimenti, "Bellissime bestie!", "I più bei destrieri che abbia mai visto, sani, alti", che si era affacciato dal loro balcone guardando "un meraviglioso tramonto sulla via Giulia!". Lo chiamavano per nome, in modo familiare, come se tra loro ci fosse intimità. Fingevano di avere ricevuto confidenze sulle nuove opere, su qualche segreto del papa, e si mordevano la lingua per non poterle rivelare.

Lui non si sottraeva mai, anche se quelle uscite le faceva di malavoglia. Preferiva andare per le stufe con i suoi giovani di bottega, a ubriacarsi e a vedere le ragazze. Non gli importava di complimentarsi con le principesse per le loro maioliche. Ma gli serviva! Era attento, inesausto nel suo cercare di tessere relazioni, di compiacere persone importanti. Voleva il cantiere di San Pietro. Voleva avere tutto. Per sé, per la sua bottega. Ed era bravo. Ti catturava, era come un animale che non avevi mai visto, un leone maestoso, una farfalla dai colori sgargianti, un airone elegante... una volta che lo avevi incontrato non riuscivi più a togliertelo dalla testa. Non era invadente, ma inafferrabile. E non era solo per la sua bellezza; certo non dispiaceva, la bellezza non è mai un ostacolo, ma la sua poteva anche non affascinare, tanto era perfetta, innaturale, fredda, come non fosse mai venuta a contatto con il mondo, con la terra. Forse era il suo talento la malìa, quello che dipingeva. O forse era perché si faceva rispettare, e benvolere, era la stima di quelli che stavano con lui. Nessuno ne parlava male, anche perché lui stava ben attento a non farsi nemici.

Ma non ci si innamora certo per come una persona è con tutti gli altri.

Se dovessi pensare a un momento, a un solo istante nel quale sono stata certa di essere innamorata di lui, penserei alla volta in cui l'hanno picchiato.

"Ghita!" gridava dal fondo delle scale. "Ghita!"

Aveva ritardato, ma non ci avevo fatto caso. Capitava spesso. C'era un principe, un cardinale, un cantiere che lo distraevano. Ma quel giorno la sua voce era piena di spavento, benché dentro ci fosse anche una gioia, prudente, sospettosa, perché aveva varcato l'uscio di casa, perché era in salvo. Aveva il viso gonfio, un occhio pesto.

"Chi ti ha conciato così?"

"Due uomini."

"Perché?"

"Non lo so," mi ha detto.

Io ho pensato a debiti e stufe, a risse e briganti. È stato silenzioso per giorni, senza dirmi nulla. Poi ha scoperto chi era il mandante degli sgherri: un Gonzaga, in attesa di un dipinto che lui non voleva fargli, impegnato in altre commesse.

In quei pochi giorni in cui si è sentito in pericolo mi è

sembrato più umano, più mio, e quando ci abbracciavamo c'era qualcosa che non c'era mai stato. Anche lui, in fondo, era un miserabile, una creatura fragile di questa terra, come tutti noialtri, e aveva bisogno di scaldarsi con il mio corpo.

L'ho visto così, con un poco di paura, solo un'altra volta, quando il cardinale lo cercava, lo minacciava, gli aveva mandato anche lui i suoi scherani a fargli la posta davanti al Palazzo; quella volta, però, c'era tutta la sua furbizia, e il suo coraggio, e la voglia di non farmi sentire in pericolo, e l'ho amato per un altro motivo, per come aveva deciso di proteggere il nostro amore, il nostro segreto che nessuno conosce.

Mi scriveva poesie.

Le scriveva sul retro dei fogli da disegno, su cui faceva schizzi con l'inchiostro.

Amor tu m'invischiasti con due bei lumi
di due belli occhi, dov'io mi struggo,
e con faccia da bianca neve e da rosa vivace
da un bel parlar in donneschi costumi
tal che tanto ardo che né mari né fiumi
spenger potrebbero quel fuoco, ma non mi spiace
poiché il mio ardor tanto ben mi fa
che, ardendo, sempre più d'arder mi consumi.

Era premuroso. Ed era tenero, specie quando nessuno lo vedeva, perché non amava troppe intimità in pubblico. Ma nell'alcova si scioglieva, tornava bambino, e cercava riposo nell'incavo del mio braccio, dopo le lunghe giornate in cantiere. Si faceva accarezzare i capelli, la fronte. Parlava con una voce diversa, tenera.

E aveva qualcosa, negli occhi.

Aveva della purezza.

Non gli veniva fuori sempre. Tante volte i suoi occhi erano pieni di intelligenza, giocosi, furbi. Ma ogni tanto qualcosa gli brillava dentro, senza che lui se ne accorgesse, ed era una forza potente. Lo era tanto di più in quella Roma marcia, in mezzo alle cortigiane, alle orge, agli assassini e ai prezzolati, ai pervertiti e ai falsi.

La sua purezza.

Non era del tutto corrotto da questo mondo, aveva salvato qualcosa.

E quella cosa, quella cosa gigantesca, spesso veniva fuori quando guardava me.

Io ero la terra, lui il cielo.
Io ero il fuoco, lui il ghiaccio.
Io ero l'acqua, lui la sete.
Io ero il passero, lui il ramo.
Io ero la spiga, lui il sole.
Io ero il vento, lui la nuvola.
Io ero il cane, lui il profumo.

Dipingere, per lui, era tutto.

Poteva continuare per ore, senza fermarsi, senza sentire la fame, il freddo, la stanchezza, senza accorgersi se qualcuno si avvicinava o gli parlava. Voleva dipingere come nessun altro aveva dipinto prima di lui. Voleva essere capace di fare allo stesso modo, con la stessa attenzione, un cielo e un dito, una nuvola e una ruga, un albero gigantesco e il suo frutto. Ogni cosa, per lui, doveva essere vera. Voleva portarla via dal mondo, voleva farla sua, voleva sottrarla al tempo, impedire che il sole tramontasse, che un fiore appassisse, che l'acqua scorresse.

Voleva fare la vita, e salvarla.

E per riuscirci aveva bisogno di me.

Senza di me, non riusciva a dipingere. Io ero ogni volto che gli serviva, ogni donna che lui voleva. Ero tutta la bellezza, tutto l'amore, ogni notte e ogni aurora. Potevo diventare un angelo e una vecchia, un tavolo e il vetro di una finestra, un'arancia e una foglia.

C'ero sempre io, nei suoi dipinti.

Quella prima sera che ero giunta nella sua bottega, era intento a completare una Madonna. Da mesi l'aveva cominciata, ma non riusciva a finirla.

Cercava un viso.

Ne aveva di modelle, e ne conosceva di donne, ma non gli andavano bene. Voleva qualcosa d'altro; non gli importava che fosse una popolana o una cortigiana, una nobildonna o una monaca, ma gli serviva una giovinetta, una vergine. Cercava qualcosa, una freschezza. E certo non l'aveva trovata al suo palazzo, e nemmeno alla Villa. Così aveva atteso, aveva cercato di immaginare, di farcela da solo, ma non ci era riuscito. Gli serviva un volto vero, ed era andato per le strade, di giorno, di notte. Finché mi aveva trovato.

"Posso vedere la tela?" gli ho chiesto.

Lui ha spostato il cavalletto e ha fatto luce con la candela. C'era uno schizzo, una linea del volto, abbozzata con la grafite. E c'erano già dei capelli, e dei colori chiari.

"Io non sono bionda," gli ho detto.

"Avete un bel carattere. Ne conosco tante, di modelle bionde, ma mi piacete voi. Ho bisogno di ispirazione."

"Vi piacciono le donne more?"

"Mi piacciono le donne."

"Vi piaccio io."

"Non sareste qui, altrimenti."

"Eppure dipingete le bionde."
"Volete che cambi la modella?"
"No."
"E allora sedete. E non preoccupatevi. Vi pagherò il giusto per il tempo che passate con me."
Io sono rimasta in piedi.

Il ricordo dell'amore fa male.

È come il succo di limone su una piaga.

Eppure lo cerco, lo bramo, solo per sentirmi ancora viva in questo corpo smagrito, e vado dentro alla memoria come si procede in una tempesta, e non c'è albero che possa darmi riparo, e il vento è gonfio di acqua gelida.

Ce l'ho ancora qui, su questo corpo, quell'amore.

Le mie dita sulla sua pelle, quel tremito leggero.

Lo tenevo sotto di me, mi arrampicavo su di lui, e lui mi guardava come fossi la luna, e mi stringeva i seni, e mi osservava, mentre io chiudevo gli occhi, e cominciavo a muovermi, sopra di lui, sempre più forte, curvando la schiena a cercare di coglierlo intero, quel piacere. Mi ricordo quando era lui, a starmi sopra, a mordermi le braccia e il collo, le punte delle lingue che si cercavano, solo per sfiorarsi, per stare più vicini possibile, e quando ci guardavamo negli occhi e io cercavo con le mani la sua schiena, e scendevo giù. Mi ricordo quando era pieno di desiderio e nemmeno mi toglieva i vestiti, solo mi voltava, come fossi un maschio, e io mi sentivo sua e non desideravo altro che quel corpo, e pregavo Dio che quella sensazione, quel boato che avevo dentro, durasse per sempre. E mi ricordo la gioia, quando stava per arrivare, quando capivamo che ci sarebbe arrivata insieme, e allora esplodeva, così ancora più grande.

Mi ricordo tutto.

Sono stata io a darmi da fare, anche se era la prima volta.

Mi sono slacciata il corpetto, mi sono scoperta i seni, e poi mi sono tolta la gonna, le calze, e allora, senza più niente indosso, mi sono avvicinata a lui, e ho messo le mie mani sulla sua veste, e poi sotto, dove c'era la pelle, dove si sentivano i muscoli, il costato.

Ha cominciato a baciarmi, e ci siamo baciati come se ci fossimo incontrati, io e lui, su questa terra, e avessimo dovuto incontrarci da sempre, e ce ne fossimo resi conto subito, sin da quel primo momento, che quello era solo l'inizio, e la fine insieme, che niente sarebbe più stato come prima.

Il suo proposito di dipingere una vergine, in ogni caso, è andato a farsi benedire.

Ogni notte mi voleva.

Baviera si fermava alla Porta, perché nessuno vedesse la carrozza al forno. Lo stratagemma, però, sortiva l'effetto contrario; provocava trambusto, perché molte ragazze si assiepavano intorno alla vettura. Le conoscevo, le vedevo in chiesa; c'era una che doveva diventare novizia a Santa Cecilia, la figlia del farmacista, e c'erano le tre figlie dell'oste, la moglie del facchino. Ed era il facchino che ce la mandava.

Quando arrivavo io, Baviera mi faceva salire e richiamava il cocchiere. Con la scusa di calmare le altre, ogni tanto se ne portava via qualcuna.

Ogni sera passavamo in via della Lungara fino a Borgo. Ero altezzosa, ebbra, non usavo nessuna cautela per evitare di svegliare mio padre; che mi scoprisse pure, io a quell'amore non avrei rinunciato per nulla al mondo.

Baviera continuava a essere scortese e, quando c'era una ragazza per lui, diveniva indecente, la spogliava durante il tragitto, le appiccicava le mani viscide alle cosce e ai seni.

Passavo qualche ora con il pittore.

Non riuscivamo a trattenerci, l'amore veniva prima di ogni

altra cosa. Ma subito dopo lui cominciava a ritrarmi, come se mettermi sopra quelle tele fosse un altro modo di amarmi, ancora più pieno, ancora più grande. Mi diceva di guardare da una parte, dall'altra, di accostarmi una candela al viso, di far finta di tenere in braccio un bambino, oppure mi chiedeva di prendere un boccale o un grappolo d'uva, di spogliarmi un poco, di scoprire le spalle, di avvolgermi in un velo, di imbellettarmi, di ravviarmi i capelli.

Mi sentivo una dea.

Non poteva durare a lungo.

Una sera, tornando a Trastevere, ho visto torce accese oltre la Porta. C'era un viavai di uomini che gridavano, correvano. Mio padre era il capo di quel manipolo; gli altri gli davano manforte per cercare sua figlia, scomparsa nella notte, finita chissà dove. Non dubito che alcuni di loro sapessero dov'ero, ma sono certa che nessuno gli aveva detto la verità, per non dargli un dispiacere.

Ero la modella di un pittore.

Ero l'amante di un pittore.

Stravolto, mio padre si è avvicinato alla carrozza, per domandare al cocchiere se mi avesse visto, e mi descriveva. Non si era neanche accorto che quella carrozza era venuta spesso al forno. Il vetturino taceva, pieno di imbarazzo. Baviera invece, sporgendosi fuori, ha detto: "Io l'ho vista".

"Dove?" Mio padre era confuso, non aveva riconosciuto nemmeno lui.

Baviera mi ha fatto scendere, scompigliata dall'amore e dall'essere scoperta. "Vi ringrazio di essere venuto a prendere vostra figlia. Ci vediamo qui domani, alla stessa ora."

Mio padre ha provato ad afferrarlo per la gola, ma i suoi amici sono riusciti a trattenerlo. Baviera si è spolverato la veste, ha sogghignato e poi ha ripreso la strada per Borgo.

Mio padre, senza dirmi una parola, mi ha ricondotto a casa.

Mi ha chiuso nella stanza, ha spostato l'armadio davanti alla finestra e ha smesso di dormire la notte.

"Che cos'è l'amore, sorella Margherita?"

Ho sentito i suoi passi, rapidissimi, non potevo sbagliarmi. Prima impercettibili, e poi sempre più forti. Pare che vengano da lontano, dal primo piano, lì dove stanno le novizie.

Accosto le labbra alla serratura, provo a dirle quel che ho pensato: "La carne".

Lei rimane in silenzio. Poi dice: "Non è vero".

"Sì."

"Non è solo quello. Non è la carne e basta."

"Forse no."

"Ritornerò domani notte. Vedete di ricordare meglio."

Ricordare.

Ricordare è come una casa.

Ricordare è pieno di polvere.

Madre Domitilla ha bussato all'alba. "Sorella Margherita!" mi ha gridato. "Vieni da me, appena puoi."

Sono stata tentata di disobbedire, di non andare. Ma poi ho pensato che non ha senso essere aspri, e anzi che era meglio chiarirsi, perché io non sono a sua disposizione, qui dentro, non voglio che mi convochi, che mi chieda, che mi parli, che si inventi, che ne so, che ha bisogno di qualcuno nel coro. Sono uscita, sono scesa al pianterreno e sono entrata in una piccola cella con il soffitto basso: sulla parete di fondo è dipinto un Cristo, sulla croce con gli occhi chiusi, ed è alto come una di noi, sembra che sia proprio lì, presente, vivo, insieme alle altre monache.

"Resta in piedi," mi dice.

Con madre Domitilla c'è sorella Porzia, le mani intrecciate sul ventre enorme e il respiro affannoso di chi fa fatica a muoversi. A vederla così da vicino è gigantesca, pare la tredicesima statua della fila disposta lungo lo scalone.

"Benvenuta, sorella Margherita."

Sorella Porzia si alza sbuffando e, senza nemmeno guardarmi, passa oltre. Non ci faccio molto caso, sono felice di non averla davanti agli occhi: mi pare che stia uscendo dalla stanza e mi sento più a mio agio.

"Perché mi avete chiamata?"

"Ora!" dice la superiora, e con insospettabile rapidità, alle mie spalle, sorella Porzia mi afferra forte con il suo braccio enorme, maschile, me lo serra intorno al collo, mi pare di soffocare, scalcio, i piedi non toccano terra. "Che fate?"

"Le gambe, scoprile le gambe!" ordina la superiora, abbassando lo sguardo su alcune carte davanti a sé.

Sento la mano di sorella Porzia che mi solleva la tunica, lentamente, fino alla vita. Ho le gambe nude, piene di macchie, mi vergogno.

"Non c'è niente," dice sorella Porzia.

"Controlla le braccia."

Ora lei mi fa risalire bruscamente le maniche, dal polso al gomito e dal gomito alla spalla, deglutisco, cerco di stare immobile, di non fare scostare le pieghe della tunica, mentre lei sale fin quasi al collo, e prego Dio che si fermi, che non finisca tutto così.

Sorella Porzia lascia la presa.

Si allontana.

"Niente."

Lo spavento è tale che faccio fatica a parlare, ma voglio ritrovare le forze, non devono pensare di poter fare quello che vogliono, avevo posto precise condizioni, c'è un contratto, dovrei protestare, ma in fondo ho ancora più paura che mi chiedano di spogliarmi, che mi spoglino a forza, e così la mia voce esce flebile. Mi appoggio alla parete dove c'è il Cristo, è come se fossi salita io su quella croce. Sento le ossa tutte schiacciate, i muscoli indolenziti. Riesco solo a dire: "Non ne avete il diritto! La dote che ho portato...".

"Non devi adirarti, sorella Margherita. Come al solito, non capisci che quel che facciamo è per il bene tuo e della tua anima. Ti vedo così patita... sono spaventata."

"E credete che aggredirmi possa giovarmi?"

Madre Domitilla si guarda intorno, come non volesse dare troppa importanza alle mie intemperanze: "Non sarei tenuta a dirtelo, ma volevo solo controllare che non portassi un cilicio. Il tuo pallore, le tue ferite, tutto mi faceva ritenere che lo stessi indossando. E per quanto sia una pratica in cui indulgono quelle come te, che cercano di farsi perdonare i loro peccati..."

"Io..."

"...non è conveniente. Il Signore sa che il dolore avvicina a Lui le Sue creature, ma non ama, a mio parere, che nei conventi si rendano necessari interventi di amputazione. Si prega meglio con le gambe e le braccia al loro posto. Altrimenti il Signore non ce ne avrebbe fatte quattro, ma qualcuna in meno."

Mi sono chiusa nella mia cella.

Ho dentro un pianto che non riesco a piangere, che non piango più. Il sale delle mie lacrime si è fatto pietra. Sono diventata dura.

Vedo le mani di sorella Porzia, mi ricordano le mani di Giulio, mi sembra di averle addosso, come quell'ultimo giorno, come alla Rotonda. Mi sento sporca, vorrei lavarmi, ma la mia tinozza è vuota, non vengono da giorni a portare l'acqua calda.

Io non posso difendermi, non posso salvarmi.

Sono una povera popolana, e loro sono potenti. Loro hanno la legge, la forza, loro possono mettere le lapidi, decidere come sono andate le cose, loro hanno le spade, le mani che stringono, hanno i danari... che stupida a pensare che la mia dote fosse sufficiente a cambiare le cose.

Loro hanno tutto.

Sono più forti di me.

Tutti sono più forti di me.

È inutile che provi ancora a ingannarli.

Non mi lasceranno mai in pace.

Non voglio più niente.

Non valgo più niente.

Non è vero.

Devo ritrovare vigore, devo ricordare.

Devo ricordarmi quel dipinto, prima che Giulio lo distruggesse.

Io ho avuto un destino grande.

Io non sono come le altre.

Solo per me, quella volta, poteva succedere quel trambusto. Il più grande che si fosse mai sentito a Trastevere.

Le voci, la Porta, la gente di corsa, una marmaglia di trasteverini come un branco di cinghiali, e, in mezzo, quel corteo di uomini armati, con le corazze lucide. "È il Magnifico! È il Magnifico!" gridavano tutti, e, gridando, altri ancora accorrevano a vedere. I vignaiuoli porgevano grappoli d'uva, i bambini avvicinavano le mani alle spille delle guardie, per strapparle, le ragazze allargavano le scollature per diventare la favorita di uno di loro.

L'uomo più ricco del mondo veniva a cercare mio padre.

Era basso, grassoccio, i capelli ricci, lo sguardo coraggioso, la giornea stretta sul costato e le maniche imbottite. Aveva già cinquant'anni, e l'età e il potere gli davano un certo modo di camminare, spedito e altero.

Era venuto lui, personalmente, senza mandare avanti uno dei suoi servitori con una borsa piena di ducati o un coltello ben affilato. Si faceva largo tra la folla lanciando baiocchi.

"Chi siete?" ha chiesto mio padre senza timore, quando l'altro ha varcato l'uscio del forno.

"L'ambasciatore Agostino Chigi."

Mio padre sapeva chi era Chigi, tutti lo sapevano. Era il commerciante di allume e di torba, il monopolista delle Fiandre, disponeva di migliaia di pecore e di ettari di terreno, era il protetto dei papi; era lui il proprietario della villa di via della Lungara.

Immaginava già il motivo di quella visita, di quell'ennesimo scompiglio: non certo il pane di frumento, ma sua figlia. Pareva che tutti mi volessero! Ma era un uomo fiero, non si curava di chi aveva di fronte. Così lo ha guardato negli occhi, senza baciargli la mano, senza inginocchiarsi, senza un inchino. "Come posso servirvi, messere? Sto cuocendo delle farine di crusca, potrei farlo anche per voi. Per me sarebbe un onore."

"Sono venuto a prendere vostra figlia," ha detto l'altro, e prima che mio padre potesse rispondere ha continuato: "La prenderò comunque. Non c'è tribunale che mi darebbe torto o che mi comminerà una sanzione che io non possa pagare. Ma prima di prenderla con la forza e le guardie, vorrei convincervi che è la cosa giusta".

"Non è roba vostra, né di nessun altro. Non potete portarla via. Io darò mia figlia solo a chi è interessato a prenderla in moglie. Voi siete interessato?"

"Io? No!" ha riso lui, divertito dall'equivoco. "Non è a me che interessa."

"Questa è una novità."

"È una bella fanciulla, a quanto mi hanno detto. E piena di virtù. Beneducata. Ma io sono già sistemato."

"Come la conoscete?"

"Mio buon fornaro, non sono venuto qui per me, ma per qualcun altro. Dovete credermi. Non avrei mai immaginato che l'amore potesse fare tanto. Quell'uomo non dipinge più!"

"Il pittore? Ancora lui? Non voglio nemmeno sentirlo nominare! È un tormento, ci manda ogni notte una carrozza... Noi siamo gente per bene, e questo scandalo... Mia figlia è impazzita, quell'uomo l'ha rovinata!"

"Non siate insensibile. Non avevo mai visto un uomo così melanconico all'improvviso, da un giorno all'altro, e così svogliato. Gli artisti, si sa, sono capricciosi, ma vi assicuro che questo è proprio malato, e, anche se si impegna, non riesce a far nulla. Di solito dipinge figure maestose, dolci, i suoi angeli sono gioielli, e le sue donne... Se solo poteste vederle! Parlano come fossero di carne! Ma ora pare che sappia fare solo visini scarni, tristi, subito da cancellare. È uno strazio. Non che io creda che un uomo, un vero uomo, possa ridursi così, senza reagire, senza carattere. Lui è senz'altro un saturnino, bisogna pur concedere qualche vizio alla sua bravura. Ma senza vostra figlia quell'uomo non riesce a stare. La vuole vicina sempre, e dice che senza di lei non ha più l'ispirazione, non si ricorda nemmeno più come si fa col gesso e le tempere. Farfuglia tutto il giorno, come fosse balbuziente. È imbelle, scontroso, molle. Non si diverte più, non lo si riesce nemmeno a portare per stufe per svagarlo! Mi creda, non ho mai visto un uomo così stravolto. Per questo, vi chiedo il permesso di portare vostra figlia a vivere alla Villa."

Mio padre ha cercato di trattenere la collera. “Voi siete un uomo potente, messere, e avete il privilegio e la responsabilità di poter ottenere tante cose con la vostra forza. Ma mai avrei pensato che poteste chiedermi questo! Non avrete il mio consenso a fare di mia figlia una concubina.”

“Non lo è. Non lo sarà mai. Il pittore nutre per lei altissimi sentimenti.”

“I sentimenti non servono a niente a questo mondo.”

“Non siate così irato con questo mondo.”

“È stato più generoso con voi che con me.”

“Non possiamo sentire cosa ne pensa lei?”

“Ma non lo sa, che cosa pensa! Non ha idea della cattiveria del mondo. È stata sedotta. Verrà abbandonata quando il vostro pittore se ne sarà stancato. Io solo, che sono suo padre, posso ben difenderla.”

“Ma lei non è dispiaciuta di non vedere il pittore?”

“Piange tutto il giorno, è insopportabile. Non mi aiuta più al forno. Bagna il pane con le lacrime.”

“Sapeste che belli sono i dipinti che ritraggono vostra figlia. Pare che non ci sia una donna più bella, al mondo.”

“Così mi offendete! Soffro a pensare che posi per un pittore, come una prostituta. Il suo corpo dovrebbe essere suo, e di suo marito, per dargli dei figli... non dovrebbero vederlo tutti!”

“Mio buon fornaro, potrei anche capirvi, da padre. Ma questa è una situazione eccezionale. Stiamo parlando di un pittore conteso da tutti i cardinali e i nobiluomini di Roma! Di un uomo giovane ma già saggio, avveduto, benvoluto. Che provvederà a vostra figlia, come vi provvederò io. E sapete bene che i mezzi non mi mancano.”

Avevo sentito, mi ero fatta coraggio.

Ho sceso la scala a chiocciola.

Ho ancora l’immagine davanti agli occhi; nella stanza col pavimento impolverato, il forno imbiancato di farina, l’odore buono delle cose che cuociono, c'erano questi due uomini, uno davanti all'altro. A sinistra, l'uomo più ricco del mondo, con cui non avevo niente in comune, niente di quelle vesti, di quei profumi, di quell'alterigia e di quel passo; a destra, più alto, più robusto, con le braccia nude, le mani sporche, c'era il fornaro più umile del mondo, mio padre, la mia carne. Eppure non avevo dubbi a schierarmi contro di lui.

"Voglio andare, padre. Lasciatemi andare. Andrei comunque."

Mio padre è rimasto in silenzio. Sapeva di non potersi opporre. L'ambasciatore era venuto con fare quasi benevolo, ma lì c'erano le sue guardie, armate fino ai denti, e avrebbe ottenuto comunque ciò che voleva. Temeva che potessi farmi anch'io del male. È che era offeso dalle mie frasi, dalla mia complicità.

Chigi mi ha offerto il braccio, mi sentivo una principessa.

Fuori dalla Porta, ancora, c'era una gran folla, che avrebbe continuato a raccontare quell'episodio a lungo, del giorno in cui a Trastevere era giunto l'uomo più ricco del mondo, per parlare con un fornaro e portargli via la bella figlia.

"Guardate, signori, la forza dell'amore... guardate la bella Fornarina che va dal suo pittore!"

"Che cos'è l'amore, sorella Margherita?"

"È una cosa stupida, è non capire niente, è pensare che il mondo è buono quando invece il mondo è cattivo."

"E allora perché tutti lo cercano?"

"Perché non lo sanno."

"Non ci credo."

Francesca aveva i piedi grossi.

Agostino, la pancia gonfia.

Erano diversi da noi, non solo per quello.

Parlavano poco, con misura. E le persone intorno a loro parlavano ancora meno, e tacevano del tutto quando li si vedeva sbucare nei corridoi, tra inchini e riverenze. In verità erano giusti, severi; coltivavano le inimicizie con la stessa tenacia con la quale nutrivano simpatie e affari. Rispetto a noi erano più sobri, più vecchi. Erano potenti. Attenti. Ma mai servili, nemmeno con il papa, ed erano schifati da chi lo era con loro. La loro passione era intensa, salda, anche se non traspariva mai. Non si abbracciavano, non si tenevano per mano, non si baciavano neppure nelle notti opulente delle loro feste. Non erano mai scomposti, affaccendati, trasandati, giovani. Tutto quello che non si vedeva e non si dicevano era sulle pareti della Villa. Lui aveva voluto per lei quei nuovi affreschi. C'erano colombe, angeli, seni, cuscini, otri, nuvole, ali, carri, fiori d'oro, fregi fino ai battenti delle finestre, centinaia di volti tutti diversi. Era quella la dichiarazione d'amore di Agostino, più forte e duratura di ogni altra, e lei non poteva chiedergli nulla di più, e non gliel'avrebbe comunque chiesto, attenta a essergli utile e a non abusare con capricci della sua infatuazione. Aveva pazienza, Francesca, e la fortuna non l'aveva impaurita, o resa ansiosa, solo rafforzata.

Io non avevo confidenza con i servitori, che non manifestavano premura per me.

Tuttavia, carpivo i loro discorsi.

Per Francesca avevano rispetto, e ammirazione.

Finché la prima moglie era viva, malata, incapace di dargli figli, Agostino non aveva mai portato Francesca dentro la Villa. La teneva in un convento di Trastevere, tra monache compiacenti ed esose che, si diceva, grazie a quella complicità avevano rifatto altari, commissionato Madonne e comprato argenti. I servitori provavano a immaginare questa donna, la donna per cui il loro signore usciva ogni notte dalla Villa; non sapevano nemmeno il suo nome, ma fantasticavano sul fatto che fosse straniera, magari negra o mulatta. Conoscevano la passione del padrone per le femmine.

“Quella fa di tutto, a letto,” diceva uno.

“Per quello gli piace,” rispondeva l’altro.

“Non è frigida come la moglie.”

“Di dietro è fatta meglio che davanti.”

“No, davanti ha due gioie che profumano di paradiso.”

“E di sotto?”

“Di sotto c’è il miele.”

“La vorrei anch’io... Di notte me la sogno nuda nel mio letto e solo il Signore sa cosa ci faccio.”

Quando la moglie è morta, Agostino ha condotto Francesca alla Villa, ha detto ai servitori di prendere ordini da lei, e se l’è portata nella camera matrimoniale che aveva fatto preparare per lei. Aveva comprato un letto intarsiato d’oro, avorio e pietre preziose che costava due volte il terreno su cui era costruita la Villa.

I servitori, all’inizio, dicevano male di Francesca e facevano congetture sulle sue arti amatorie. Come tutta Roma ne erano curiosi e invidiosi, ma erano anche scettici, perché pensavano che presto sarebbe stata sostituita da una donna più giovane e più bella. Dicevano che, quando i due si ritiravano, si sentiva un rumore che pareva un terremoto. E non solo perché erano focosi, ma anche perché lei era soda, imponente, per non parlare della pinguedine di lui. Dicevano che il costo del letto era dovuto più che altro al rinforzo della struttura, per evitare che cedesse. Francesca aveva i capelli chiari, e l’accento lento di chi viene da Venezia. Ma nessuno, in fondo, la prendeva in giro con cattiveria. Forse perché era potente. Forse perché era brava, più brava di me. Non era mai volgare; anzi, rispettava i turni dei servitori, era attenta ai cantieri, faceva domande circa le cose che non sapeva, e presto le ricordava. Conosceva gli stornelli, e talvolta li cantava, ma solo se qualcuno insisteva, e nella voce aveva un tono grave, ma anche qualcosa di elegante, come di chi conosce bene la vita.

Quando è rimasta incinta la prima volta, i servitori sono stati in ambasce, in attesa della reazione di Agostino; forse era giunto davvero il momento in cui l'avrebbe cacciata o costretta a perdere quella creatura. Agostino, invece, si è fatto più premuroso, e comandava che le si portassero elisir e infusi, cuscini e medicamenti, e quando è stato il momento ha chiamato i migliori medici per assisterla durante il travaglio.

Una volta capito che sarebbe rimasta a lungo, che lui era così innamorato che avrebbe potuto persino prenderla in moglie, anche se non si era mai visto prima, uno che prendeva in moglie una cortigiana, tutti hanno cominciato ad ammirarla, con la sincerità che nasce dal servaggio.

"Conosce le poesie degli antichi."

"È piena di cultura."

"Le cortigiane romane non sono così."

"Non è mai stata una cortigiana."

"Se pure lo era, non lo è più."

Francesca era sempre incinta.

Agostino ne era felice.

"Madonna", così mi chiamava.

Così, in verità, mi avrà chiamato quattro o cinque volte. Donna Francesca non mi cercava. Mi tollerava e basta, come il capriccio dell'artista che piaceva a suo marito e che, per quanto era in grado di capirne, piaceva anche a lei.

Non abbiamo mai legato, anche se avevamo un destino simile, anche se entrambe, alla nascita, non avremmo mai pensato di vivere nella Villa. Le donne spesso non sanno aiutarsi, specie quando ne avrebbero più bisogno.

Non siamo diventate nemmeno rivali, a dirla tutta, perché lei era la compagna di un uomo nobile, il più ricco del mondo, e io quella di un pittore che, per quanto grande e famoso, per quanto adulato, era pur sempre soltanto un pittore.

Il potere.

Il potere rovina tutto.

Non siamo tutti uguali a questo mondo, chissà perché.

Ricordo ancora quella voce, quel grido.

Stavamo prendendo il caffè nel salotto del Palazzo, e l'autunno aveva preso il profumo intenso, forte, di quella bevanda. Eravamo sdraiati sui cuscini, lenti, sereni.

Il cardinale è giunto all'improvviso, senza farsi annunciare; aveva oltrepassato Baviera e ora bussava alla porta chiedendo di entrare.

Gridava: "Io posso distruggervi", "Io posso farvi finire nel nulla", "Io posso far cancellare tutti i vostri dipinti, se continuate a prendermi in giro", "Di voi non resterà che la polvere dei muri che farò abbattere".

La porta ha ceduto.

È entrato, me lo sono trovato davanti. L'avevo già visto nel dipinto che lui mi aveva mostrato. Bernardo Dovizi da Bibbiena aveva gli occhi scuri, il naso un po' a punta, il volto allungato e le orecchie grandi.

"Chi è questa puttana?"

"Badate bene a come parlate, Eminenza."

Il cardinale mi ha guardato con disprezzo, poi ha guardato lui con altrettanta fermezza. Ma lui ha sostenuto lo sguardo, senza paura. "Badate bene..." ha detto di nuovo il cardinale, andandosene.

È stato forte, quella volta.

Il suo amore, il nostro amore, era più forte.

Solo il destino lo è stato ancora di più.

E quel dipinto.

Io credo che quel dipinto sia più forte di tutto.

Non voglio pensare alle cose brutte.

Voglio tornare alla Villa.

Quanti mesi abbiamo passato lì, insieme.

Avevamo una stanza nel mezzanino. Dormivamo insieme su un materasso di cotone soffice, perfetto per amarsi, tra decine di cuscini ed essenze, in mezzo a lenzuola azzurre o rosse, e al risveglio trovavo subito i suoi occhi, i suoi capelli. Non avevo mai freddo vicino al suo corpo.

Lui era ispirato, felice.

Mangiavamo melone e ciliegie, marzapane e neve di latte, poi scendevamo dabbasso, per una scala piena d'oro e di stucchi; giù era ancora tutto un cantiere e si sentiva l'odore delle vernici e degli oli in mezzo ai rumori delle strutture di legno e metallo che salivano alte fino ai soffitti. I ragazzi della sua bottega, Giulio e gli altri, lo aspettavano dall'alba, e avevano già cominciato il lavoro secondo le sue istruzioni. Erano contenti di vederlo, e subito lo tempestavano di dubbi, domande.

Era meraviglioso veder crescere i disegni, assistere allo sboccio dei colori, giorno dopo giorno; gli angeli trovavano le ali, i liuti le loro corde, i maschi le loro femmine, le brocche si riempivano di acqua e i prati di fiori. Quel mondo conquistava tutto il bianco dell'intonaco, pareva che non dovesse finire mai, perché si arrampicava sui muri, avvolgeva le colonne, si specchiava nei pavimenti.

Io ero sempre lì.

Dovevo esserci sempre, non potevo spostarmi: doveva trovarmi appena si voltava, voleva sentirmi, parlarmi, toccarmi. Ogni cosa la dipingeva perché c'ero io. Altrimenti sarebbe stata diversa. Altrimenti, non ci sarebbe stata.

Chissà cosa c'era, un tempo, sul soffitto bianco della mia cella. Chissà cosa potrebbe esserci.

Ma no, non sono più qui.
Sono alla Villa.
Quanta gioia c'era.
Quanto era stupida, folle, sbagliata.
Quanto era bella.

Una sera Agostino ha accolto i suoi ospiti alla loggia, li ha fatti bendare e li ha fatti accompagnare dai servitori presso lunghi tavoli, disposti uno di fronte all'altro, dalla forma strana. Era venuto persino il papa, insieme a quattordici cardinali. Quando li ha fatti sbendare, tutti si sono guardati intorno, stupiti di non riconoscere quell'ambiente, con sfarzose tovaglie di broccato persiano, stoviglie d'oro e bicchieri d'argento. "Siete i benvenuti!" ha gridato allora, levando il calice per un brindisi. "Ha costruito ancora", "Questa parte è ancora più stupefacente della Sala delle Prospettive", "Chissà di quali affreschi riempirà queste pareti ancora vuote", "A me piace moltissimo", "Una stanza tutta di legno, dovremmo farla anche noi nella nostra villa sul Tirreno!" diceva la gente, mentre il profumo del caffè e della carne si spandeva in mezzo a musiche di liuti, arpe, flauti, e poi poesie, commedie, cartomanti e oroscopi. Tutti amavano quel lusso, quella generosità. Tutti adoravano che la Villa fosse animata da poeti, pittori, dottori, filosofi. Lì si conversava di ogni cosa, della vita e della morte, della natura e dell'amore, delle stelle e della terra.

Alla fine, Agostino ha richiamato i servitori: "Levate le tovaglie!" ha ordinato, e solo allora i commensali si sono accorti che quei lunghi tavoli altro non erano che le mangiatoie dei cavalli.

Un applauso si è alzato, spontaneo e invidioso. Con la sua ricchezza, l'ambasciatore poteva trasformare ogni cosa.

Le feste duravano tutta la notte.

Dopo il banchetto, Agostino invitava gli ospiti a seguirlo, d'estate ci portava nel giardino, d'inverno nelle sale del pianterreno. Lo spettacolo principale, però, iniziava quando si spegnevano le torce, e restava il buio. Arrivavano allora delle ragazze che reggevano candelabri, li appoggiavano per terra e cominciavano a danzare, togliendosi i mantelli che avevano indosso e tenendo solo delle maschere di cartapesta. Erano nude, e così, alla luce delle fiamme, mostravano i seni, i piedi, poi i volti, e tutto quanto, talvolta si baciavano tra loro, e strusciavano quelle pelli tutte diverse, di tutti i colori, lucide d'olio. La gente era alticcia, eccitata, le chiamava, le toccava, si lasciava andare. Gli uomini diventavano prepotenti, si minacciavano duelli, scoppiavano risse.

E poi c'era Giulio. Abbandonati i pennelli, lasciato il cantiere, si dilettava con disegni audaci che godevano di grande favore durante quelle serate.

Gli uomini li guardavano vogliosi, le donne facevano sorrisini stupidi, lascivi. Se passava un cardinale Giulio fingeva di nasconderli, ma lo faceva con maliziosa complicità. "Fammi vedere!" diceva subito quello.

Cercava di mostrarli anche a me. "Dai Ghita, non mi dirai che non ti interessano queste cose! Non ti crede nessuno."

"Mi interessano. Ma non con te."

"Perché sei sempre scontrosa? Guarda che il tuo bel pittore sa ben divertirsi, dovresti imparare anche tu."

Mi infastidiva. Mi faceva passare per ipocrita, come se mi irritasse guardare i corpi, la meraviglia con cui disegnava le carni, il desiderio, il piacere. Ma era lui, il suo modo invadente, prepotente, la causa della mia freddezza.

"Guarda Angelica come sa sedersi sopra Medoro, e guarda questa ninfa com'è contenta che il suo satiro sappia bene cosa fare con lei. O vuoi che faccia come Ercole con Deianira, e proprio ti sollevi?"

Mi allontanavo, me ne stavo in disparte. Provavo a imparare da Francesca, che non si lasciava turbare da nulla e, anzi, era capace di dare istruzioni tanto ai muratori per la calce e l'intonaco, quanto alle cortigiane o ai ragazzini su come compiacere gli ospiti senza lasciarli mai soli.

Non era solo imbarazzo, il mio.

Quando la Villa si riempiva, di affaristi e legati, di cardinali e banchieri, tutti gli invitati mi sorridevano, sì, mi rivolgevano la parola, ma scoprivano presto che ero solo la donna del pittore, la sua compagnia di quel periodo, e che quella non era casa mia, era solo un luogo dove mi trovavo per caso, dove sarei rimasta finché lui non si fosse stancato di me, o finché la mia bellezza non fosse appassita. Solo i più dolci di cuore si commuovevano a pensare che lui, senza di me, non riusciva a dipingere. Ma si intenerivano perché veneravano quell'uomo, perché impazzivano per le sue debolezze e stranezze almeno quanto ammiravano il suo talento.

Di me, in fondo, non importava niente a nessuno.

Il pane non sa più di pane.
L'acqua non mi lava.
L'aria non mi rinfresca.
L'alba non mi porta la luce.
Il mirto ha perso il profumo.
Le mele restano acerbe.
I raggi del sole sono freddi.
Le arance, aspre.
I fiumi sono sporchi, pieni di terra.

Ho fatto bene a scendere.

Il sole si sta facendo largo tra mille nubi.

Avevo voglia di uscire dalla mia cella. Mi piace camminare, mi fa un poco di spazio in mezzo ai pensieri. Ho sceso le scale, sono andata oltre la cappellina, ho passato la statua di sant'Apollonia, protettrice dei cavadenti, con le sue tenaglie in mano, e quella di san Pietro; stavo per tornare indietro, come faccio di solito, ma ho deciso di proseguire verso il portone che conduce al giardino. Sono mesi che non esco all'aria aperta. Un poco sento freddo, come una pianta cresciuta dentro una stanza.

È la prima volta che vedo il giardino del convento. Il soffitto è solo il cielo, intorno non c'è nulla. I muri sono alti come tre uomini, le case vicine sono basse, non c'è pericolo che riconosca un volto, una voce, che qualcuno mi incontri, che mi chieda qualcosa. E gli alberi sono scheletrici; sono stati tagliati, mozzati, affinché nessuna possa salirci sopra, per impedire che si possa vedere di là, o scappare. C'è una fontana ma è secca, acqua non ne esce. Ci sono un uomo e una donna, dipinti su un muro, hanno gli occhi belli, timidi, ma i rampicanti li coprono. E anche il pavimento di ceramica verde come il mare è crepato, sconnesso.

"Sorella Margherita!"

Mi maledico per aver deciso di continuare la passeggiata, anche se avevo visto madre Domitilla.

Lei mi si avvicina e mi prende per il braccio: "Lasci nell'aria un profumo che neanche una cortigiana spande".

"Mi avete dato il permesso di usare le essenze."

"Senza dare scandalo."

"Saprei ben dare scandalo, io, se solo volessi. Altro che un poco di profumo. Ne so fare di tutti i colori."

I suoi occhi sono di ghiaccio, cattivi: "Sei priva di pudore".

"No, siete voi che dovreste fare la profumiera del papa."

"Cosa dici?"

"Il vostro olfatto è eccellente. In un giardino pieno di fiori, riuscite a sentire il poco profumo che indosso. E dire che me ne portate di pessima qualità, e perdo delle ore a ravvivarlo perché perda la puzza che viene fuori quando gli si leva il tappo. Cosa ho indosso? Vaniglia o mentuccia? Se non indovinate potete sempre controllare gli inventari."

"Hai troppa vanità nell'aspetto."

"Vi userò la cortesia di uscire dalla cella solo quando sono lercia e puzzolente."

"La tua insolenza sarà punita, prima o poi."

"Ah, già che ci siete, volevo ricordarvi che la mia vasca non ha acqua calda."

"Nessuno ce l'ha, al convento. Il prezzo della legna è rincarato."

"Non erano questi gli accordi."

"Gli accordi cambiano in base alle possibilità."

"Onorate i vostri impegni. E portatemi rispetto."

"Alla tua storia è difficile portarlo."

È rapida, con le parole. Ma forse sbaglio io. Dovrei fare come le altre. Blandirla, smettere di sfidarla. Così, forse, otterrei la pace che desidero. È che non ci riesco.

"Bisogna che cominciamo a dare qualche segno anche alle altre. Non ti piace, vero?, che continuino a mormorare," insiste.

"Non mi importa nulla. Lo hanno sempre fatto. Qui è pieno di cortigiane, a riposo o in attività, ma l'unica a cui rinfacciano di esserlo sono io, che non lo sono mai stata."

"Dovresti cominciare a farti i bagni nella sala comune. Almeno qualche volta. Così, per far vedere che sei come loro."

Mi preoccupo, la richiesta mi sembra strana, insidiosa: vuole controllarmi ancora? Forse ha intuito qualcosa, durante la mia ispezione per il cilicio, e lì per lì non ci ha pensato, ma adesso vorrebbe togliersi ogni dubbio. Pare che alcune monache, per penitenza, abbiano cominciato a portare una corda al collo. Che voglia guardare lì? Non devo mostrarmi agitata, sennò sospetterebbe, mi farebbe spogliare davanti a lei.

"È opportuno che una donna si bagni e si strofini solo alla presenza di altre."

"Perché una non si tocchi da sola, o non si tocchino in due?" Niente, non ce la faccio, è più forte di me, non riesco a risponderle con buona creanza. "Tre sarebbero troppe, anche nelle più ardite fantasie."

"Perché vuoi essere così volgare?"

"Davvero credete che io ancora mi tocchi?"

"Perché fai di tutto per confermare le mie impressioni?"

Vorrei dirle di sì, che è vero, che mi tocco ancora, che è l'unica cosa che mi disseta, anche se subito mi secca, che sogno ancora il corpo del pittore, me lo sogno addosso, ogni fibra del mio corpo attende ancora il suo, e vorrebbe vibrare, tremare di piacere, come lei non immagina nemmeno.

Ma non le dico niente.

"Vedrò cosa posso fare," rispondo a bassa voce, lo sguardo chino, purché se ne vada.

E lei se ne va.

"Margherita," mi sento di nuovo chiamare. Mi volto, e mi accorgo che ho di fianco sorella Agnese. Per lei non provo antipatia. È vecchia, ma è ancora svelta; in mezzo a queste erbe ha qualcosa di sacro.

"Profumata siete profumata, senza dubbio. Ma non per la mentuccia. Ognuna di voi ha un suo profumo diverso. Come farei altrimenti a riconoscervi, a distinguervi l'una dall'altra?"

"Non avete vergogna a venire vicino a me? A farvi vedere con me?"

"Non so mai se qualcuno mi sta guardando oppure no," dice sorridendo. "Non devo temere gli sguardi degli altri." Mi prende per mano e mi conduce sicura verso un pezzo di terra a sud, pieno di cespugli verdi carichi di fiori e bacche. "Questo è biancospino," indica alla sua destra, "sono convinta che sia il più bello, perché il bianco più di tutto somiglia alla luce. Qualche volta, mi pare quasi di vederlo, com'è davvero questo fiore, mi pare di intuirlo tra le mie ombre." Ne strappa un ciuffo, all'altezza della corolla, senza svellere la pianta. Osservo i suoi movimenti precisi, esatti, e mi sembra impossibile che non abbia mai visto in vita sua, perché distingue senza esitare la valeriana, la bardana, la melissa, solo dall'odore, dalla forma e dalla consistenza delle foglie e dei fiori, sa dove recidere il gambo dell'insalata, e sa capire se le piante sono malate o vecchie, e riconosce dal ronzio le api, i calabroni e i bombi che svolazzano intorno, e se ci sono gatti o topi. "Questo è il levistico, per togliervi le macchie dalla pelle."

"Io non ho macchie. Chi vi ha detto il contrario?"

"Nessuno. Ma se volete prenderlo, io certo non mi opporrò."

"Posso prendere ciò che voglio?"

"Ciò che vi serve."

"Se mi serve qualcosa, lo farò."

"Siete triste?"

"Sì."

"Almeno voi l'avete visto, il mondo. È già molto, aver vissuto una volta. Almeno una volta. Non è bello il mondo?"

"No."

"Non vi credo. Io sento le cose, anche se non posso vedere il vostro viso. Sento che state mentendo."

Forse è vero che mento.
Forse non so più cosa dire.
Non capisco più niente.
Non voglio che nessuno mi chieda più niente.

"Che cos'è l'amore, sorella Margherita?"

"La fine. La fine di tutto. La cosa che, dopo, non resta niente."

"Non è vero."

Ritorno verso il mio letto.

Potrei coricarmi, ma l'alba è già alta.

Penso alla bambina che viene qui ogni notte. Mi domando chi è. Ce ne sono tante, qui, di ragazzine. Alcune mi divertono. Ce n'è una che si nasconde sempre dietro le statue degli apostoli e fa le boccacce. Un'altra cerca di entrare in biblioteca, ma la porta è chiusa e lei rimane comunque lì davanti, e aspetta, e parla con le sorelle anche se nessuno le apre, e anche se è delusa pare comunque un poco felice, a immaginare i libri, a immaginare di andarsene da un'altra parte. E una ha la voce di un angelo, e ogni tanto la si sente nel pomeriggio, che lava i pavimenti senza accorgersi che sta cantando. Ma non ho proprio idea di chi sia quella che la notte viene da me. Ho provato a capirlo in refettorio, ma non ho colto un cenno, uno sguardo. È furba, lei. La prossima volta aprirò la porta, anche se non vuole. Le spiegherò che non deve temermi; io so tenere un segreto, non andrò a denunciarla, posso esserle amica. A lei potrei raccontare la mia storia, forse le interessa, forse dovrei spiegarle tutto, come è cominciata, come è finita, e così le farei capire che cos'è, l'amore.

Forse lei mi crederebbe.

O forse no, neanche lei mi potrebbe credere.

Non potrebbe credere a com'ero diventata alla Villa, a come stavo cambiando.

Io non ero una principessa, non ero come le altre.

Ma non potevo restare, tutta la vita, una fornarina.

Non lo sopportavo.

Ho chiesto di ricevere lezioni di danza, di portamento, di poesia, di canto, di scrittura. Mi sono tormentata. La mia pelle, che un tempo mi sembrava troppo chiara rispetto a quella delle ragazze di Trastevere, all'improvviso invece mi pareva troppo scura, abituata al sole, e così provavo a sbiancarmi con la cipria e la biacca. Usavo l'arsenico e la calce per depilarmi, o il miele e la resina. Una notte mi addormentavo con una maschera di farina e albume, la successiva mi cospargevo il volto di lucertole bollite. Ho imparato a dipingermi le vene di blu con il lapislazzuli, per confondermi con le altre donne che venivano lì, nate nobili, che avevano sangue diverso e questo vezzo. Di giorno, tenevo i capelli al sole, per schiarirli, e poi li tormentavo con limone, camomilla, zafferano. Cercavo di rendere meno evidenti il mento e il naso, che non mi piacevano, allargando gli occhi con la belladonna. Passavo il mio tempo tra belletti, lozioni, elisir e pomate. Mettevo nastri d'oro tra i capelli.

Costringevo lui a ritrarmi come non ero, più altera, più bianca, più in carne.

Ero ubriaca di quella vita. Non avevo mai vissuto con quell'abbondanza di tutto, d'amore, di cibo, di tempo.

E a mio padre non pensavo mai.

Ogni settimana, l'ambasciatore mandava doni al forno, finché mio padre non gli ha chiesto di smettere, perché gli ricordavano che aveva perduto una figlia. L'ho considerato un ingrato; cercavo di convincermi che quei regali dovevano bastargli, mi davano il diritto di chiedere il suo perdono, di sentirmi in credito.

Ho cominciato a vergognarmi di lui.

A chi me lo chiedeva, dicevo che venivo da una famiglia di banchieri senesi, imparentata con Agostino, e per questo mi trovavo lì. Nessuno ci credeva, ma quelle menzogne erano il mio unico balsamo. Alcuni servitori, poi, erano trasteverini e mi avevano riconosciuto. Presto avevano iniziato a disprezzarmi per quelle bugie, e io, invece di comprenderli, cercavo di comprarli, dando loro delle mance, e poi tentavo di metterli uno contro l'altro, con calunnie ed espedienti, simulando furti e incidenti. Invece che con me stessa, me la prendevo con mio padre, con il fatto che fosse solo un fornaro, e non un nobile o un ricco mercante.

Un giorno, fuori dalla porta della Villa, è venuto un bambinetto magro, coi vestiti laceri, scalzo, i piedi sozzi. Pareva un mendicante, e tremava. Ha detto che aveva un messaggio per me. Quando l'ho visto, mi ha preso un colpo al cuore. Sapevo che veniva da Trastevere, da mio padre. Ho cercato di condurlo dentro la Villa, perché nessuno lo vedesse, e nessuno capisse che avevo ancora a che fare con gente simile.

"Vostro padre sta morendo, madama."

Ho preso una carrozza, mi sono affrettata, ma subito ho capito che avevo sbagliato, che sarei dovuta tornare a piedi, nel fango, indossando il vestito delle serve; quella che stava tornando a Trastevere, in mezzo ai cuscini, nel profumo di melissa, con la faccia ricoperta di biacca, non ero più io, non era più Ghita Luti, la figlia del fornaro.

Era una ragazza perduta.

Il forno era gremito come non l'avevo mai visto. Erano passati tanti anni, da che lui era venuto da Siena, su un barroccio trainato da un ronzino. E se li era conquistati tutti, uno a uno, giorno dopo giorno, anche i più diffidenti, anche quelli che gli scrivevano sui muri. Si era fatto benvolere; siccome non aveva familiari né interessi, si rivolgevano a lui per dirimere le controversie, e lui disponeva sempre con saggezza, e misura. Aveva diviso con i più poveri i doni dell'ambasciatore. Non era mai diventato ricco, non si era mai attirato antipatie. Così, quel giorno il forno era pieno di vecchie e falegnami, bimbetti e preti, e persino gli uomini probi erano accorsi.

Io, invece, notavo lo sporco per terra, la semplicità delle panche, il freddo che c'era con il forno spento.

Vedevo gli sguardi degli altri.

Tutti mi disprezzavano.

Anche chi si era commosso per il mio amore, era ormai livido per il mio privilegio, disgustato dalla mia irriconoscenza e dalla mia condotta, e godeva del mio imbarazzo e del mio dolore.

"È arrivata la ricca Fornarina!" dicevano con cattiveria.

"Ogni sera gliela dà al pittore, finché il pittore non si stuferà!"

"E non solo al pittore, a tutta la Villa!"

Mio padre era al piano di sopra, disteso sul nostro pagliericcio.

Mi sono fatta largo tra la folla: "Padre".

Ha riconosciuto la mia voce, ha aperto gli occhi stanchi, e io li ho visti pieni di bontà, emozionati. "Sei proprio una donna, ormai." Chi gli era stato accanto? Chi lo aveva aiutato col pane? Come aveva potuto cavarsela da solo? Doveva essere morto di fatica. "Temevo che non venissi a salutarmi l'ultima volta."

Mi ha preso un nodo alla gola.

"Sei felice?"

"Sì," ho risposto io. E non ho saputo confessargli che la mia felicità di quel momento era essere con lui, e, per un istante, non mi importava più della Villa, di poter bere caffè bollente, di comandare ai servitori di farmi aria col ventaglio, e ai musici di suonare gli stornelli.

"Hai avuto un figlio?"

"No."

"Se ti nasce chiamalo Francesco, come me."

Mio padre è morto qualche giorno dopo.

Sono rimasta a vegliarlo, gli ho mandato ogni primizia, ho fatto chiamare i migliori medici di Roma.

"Prenditi cura del forno," mi ha detto alla fine.

Gli ho chiuso gli occhi.

Ho accettato che l'ambasciatore si interessasse del funerale, e organizzasse la più bella cerimonia che mai un fornaro abbia avuto a Santa Maria. C'era tutta Trastevere, ma pochi venivano da me per le condoglianze. Ero in collera con loro; avevano ben visto di cos'ero capace, di comprare tutte quelle libbre di cera, di salariare i figuranti che avevano accompagnato il feretro, di ingaggiare perfino un coro di castrati.

Io ce l'avevo fatta, non come loro, costretti a svegliarsi all'alba, a fare i conti del sale e del vino.

Ho ereditato quella piccola casa, e il forno, ma non sapevo che farmene. La certezza dell'amore di mio padre mi ristorava, nel dolore, ma non mi cambiava, e non calmava il desiderio di tornare il prima possibile alla Villa, non placava il disgusto che la povertà di Trastevere mi ispirava. In fondo, la morte di mio padre mi sembrava il segno che per me il passato era ormai alle spalle, che potevo finalmente cominciare la mia vita, che avevo abbandonato per sempre gli stenti dell'infanzia.

Così, ho pensato che al forno non ci sarei mai più tornata, e ho permesso che andasse in rovina, perché comunque nessuno meritava di riceverlo in dono.

Luci e ombre si rincorrono.

Quasi sempre, quando penso alle cose belle, al volto di mio padre, alle sue mani, alla sua barba che mi pungeva le guance, mi viene in mente la Rotonda.

L'altro funerale.

La grande luce che scendeva dal soffitto, le colonne verdi e nere, gli archi e le finestre, e tutte le candele, tante da aver caldo. Il pavimento non si vedeva più, c'erano solo piccoli pezzi di marmi di tutti i colori in mezzo a migliaia di piedi, di gonne che strisciavano, si sollevavano una sull'altra. Non sentivo niente, come se sopra la mia testa si fossero chiuse le acque del Tevere. Procedevo, veloce, senza curarmi se urtavo qualcuno.

"Fatemi passare," singhiozzavo, senza forza, vuota.

"Chi è?"

"È la sua amante."

"Poverina, è straziata dal dolore..."

"E adesso chi la mantiene?"

"È bella!"

"Sì, ma non è più nel fiore degli anni."

"Nessuno se la prenderà più!"

"Brutta cosa, essere una donna così, senza figli, senza marito..."

Io volevo solo andare innanzi, buttarmi ai piedi di quel corpo, implorare il Signore che me lo restituisse, che non lo lasciasse scendere dentro al marmo per sempre.

Nessuno poteva fermarmi.

A un certo punto ho cominciato a vedere il vuoto dinnanzi a me, avevo sorpassato la folla, c'erano solo dei bambini vestiti di bianco e la salma, e, in quei primi banchi della chiesa, tutti quelli che conoscevo; il cardinale, Agostino, i giovani della bottega. Vedevo i loro occhi gonfi, aspettavo che qualcuno mi abbracciasse.

"E questa chi è?" ha chiesto il cardinale risentito, anche se mi aveva riconosciuto. "Portatela via."

La musica suonava potente, clavicembali e cetre, le litanie erano gonfie, io mi sono gettata per terra, appena prima di raggiungere il suo corpo, esausta.

Giulio si è avvicinato, si è inginocchiato. Aveva le lacrime agli occhi: "Ghita, non puoi rimanere qui. Ti prego".

"Lasciami stare, Giulio. Adesso lasciami stare."

"Non puoi rimanere qui con noi."

"Perché?"

Giulio mi ha afferrata per le spalle, mi ha sollevata, mi ha tenuta ferma. "Vieni via."

Giuro, non avrei voluto, ma ho cominciato a gridare, a gridare con tutta me stessa, e quell'urlo l'hanno sentito tutti, e la cerimonia si è interrotta, il coro ha smesso di cantare, e anche le candele pareva che volessero spegnersi, e la luce smettere di scendere dal cielo nel centro della chiesa, perché lui è morto, morto per sempre, e nessuno ha fiatato, nessuno doveva fiatare, perché quel dolore è mio soltanto, nessun altro doveva piangerlo, quello è il mio uomo, è stato soltanto mio, e io ho continuato a urlare finché qualcuno non ha comandato: "Guardie!" e due soldati si sono avvicinati a me, mi hanno preso di forza, mi hanno sollevata, e mentre scalciavo e mordevo, mi hanno portato fuori dalla Rotonda.

Ho tanto odio, ancora, che questo tempo non è riuscito a cancellare.

Ho tanto pianto, e non riesco a piangere.

Solo gli incoscienti possono pensare che le cose non finiscano. Solo gli incoscienti e gli innamorati.

Nella loggia della Villa, ormai, non c'erano ponteggi né secchi, né calce né manovali, e lui si era assentato senza dirmi nulla.

Temevo che fosse a Borgo, tra stufe e cortigiane. Temevo che mi tradisse. Sono arrivata a essere certa che avesse un'altra donna. Sono arrivata a sperare che ne avesse più di una, non una sola. Che si divertisse, che fosse trascinato a qualche serata dai compagni, ma che amasse sempre e solo me.

Mi guardava diversamente ora, quando posavo per lui, e qualche volta faceva senza di me. E così osservavo i suoi dipinti con la paura di vedere, da un giorno all'altro, il volto di un'altra al posto del mio. Da quando era morto mio padre, sentivo la sua profezia: "Quando si sarà stancato di te...". Ma no, mi dicevo! Si sarà trattenuto da qualche parte, senza potermi avvisare, richiesto dal papa, magari. E non mi manda una corrispondenza perché sa che sarà di rientro prima che io possa riceverla.

Senza di lui, i corridoi della Villa erano ostili.

Donna Francesca aveva messo al mondo altri figli, Chigi aveva bisogno di stanze, tollerava con minor allegria la mia presenza, anche se me ne stavo nascosta al mezzanino e facevo in modo che non mi vedesse, che non si accorgesse di me. Volevo prolungare la mia permanenza il più possibile, senza dargli disturbo, era il mio modo di difendermi: prima o poi avremmo dovuto andarcene da lì e non sapevo dove sarei finita. Lui aveva fatto costruire un nuovo palazzo a Borgo, con i danari del suo guadagno, ma all'improvviso dubitavo che mi avrebbe chiesto di seguirlo. E allora preferivo non pensare a niente, anche se i servitori mi portavano malvolentieri il caffè o la frutta che domandavo, e ho finito col digiunare, per non dover chiedere più niente a nessuno.

Era un tardo pomeriggio fresco.

Ero a letto dal mattino, svogliata, impaurita. Non mi ero curata né imbellettata. Senza bussare, senza annunciarsi, Giulio è entrato.

Avevo addosso la tunica di lino con la quale mi ero coricata, mi sono coperta con il lenzuolo.

"Vattene!" gli ho detto.

Aveva lo sguardo sprezzante, quello di chi ottiene sempre tutto ciò che vuole. E quella volta voleva me. Non l'avevo mai visto guardarmi in quel modo.

"Come mai sei così sgarbata oggi? Davvero non vuoi passare del tempo con me?"

"Ne avrei piacere, ma non in questa stanza."

"E perché mai?"

"Non è la tua. Non puoi stare qui."

"La mia è quella a fianco."

"Non è questa."
"Vuoi venire nella mia?"
"No. Vattene."
"Volevo stare un poco con te."
E mentre lo diceva, si sfilava la camicia. È rimasto a petto nudo davanti a me. Non mi piaceva quel corpo peloso, scuro, animalesco.
Non capivo cosa stava succedendo, quale follia avesse preso Giulio: "Ma che fai? Non scherzare! Ti ho detto di andartene".
Si è sdraiato vicino a me e ha guardato il soffitto, trasognato. Io ho fatto per alzarmi in piedi, ma ho sentito che la sua mano mi bloccava il braccio, e, se provavo a spostarlo, lui serrava la presa così forte da farmi gridare dal dolore.
Poi le sue dita hanno cominciato a risalire verso la mia spalla, allungandosi in direzione del seno.
"Non ti permettere."
"Perché non sei generosa anche con me? Anch'io posso ricompensarti." Si è voltato dalla mia parte ed è salito con tutto il corpo sopra di me, per baciarmi. Subito gli ho tirato uno schiaffo. È arretrato. Ma era ancora fermo sopra di me.
"Come ti permetti?"
"Vattene, o gli dirò che cosa stavi cercando di fare, gli dirò che sei stato nel nostro letto."
"E cosa credi che gliene importi? Credi che tenga di più a te che a me?"
"Ne sono sicura."
"E perché ne sei sicura?"
"Lui mi ama."
Giulio ha cominciato a ridere. Era una risata forte, fragorosa, sembrava che se lo fosse preso il Demonio. "Povera Fornarina, devo pensare che sei l'unica a non sapere la notizia."
"Quale notizia?"
"Dove credi che sia, lui, in questo momento?"

"Non lo so."
"Gli è mancato il coraggio di dirtelo."
"Cosa avrebbe dovuto dirmi?"
"Che sta per sposarsi."

Il pelo di vaio.
Ecco la risposta.
Un giorno l'ho sorpreso in bottega che armeggiava sopra un tavolaccio e lui, appena mi ha vista, mi ha detto: "Oggi voglio mostrarti il mio amore per te. Vieni qui. Trattieni il respiro".
Steso su quel piano c'era un sottilissimo velo di foglia d'oro, e lui l'ha fatto scivolare sopra una carta. Si capiva che, al minimo movimento, al minimo alito, la foglia sarebbe volata via, si sarebbe increspata, rovinata. Poi ha tramestato nelle tasche della giubba finché ha trovato un piccolo pennello, di quelli setosi, di vaio, e, con un movimento rapido, come una magia, se l'è passato tra i capelli.
Il pennello è uscito elettrizzato da quel contatto, e lui lo ha avvicinato lentamente alla foglia d'oro che ha cominciato a sollevarsi, sfiorando il pennello al quale sembrava incollata da una forza sconosciuta, dolcissima. Poi ha trasportato quel materiale fino alla superficie da indorare e, con una lieve pressione, la foglia d'oro si è unita per sempre al dipinto.
Ecco l'amore, mi sono detta, ecco l'elettricità dell'amore, com'è difficile, e prezioso, e può rovinarsi con niente.

Stanotte non ho preso sonno.
Aspettavo solo che lei bussasse.
Volevo dirglielo, che so che cos'è l'amore.
Che mi ricordo il mio amore.
Ma lei, stanotte, non è venuta.

E se davvero, io e lui, fossimo eterni?

E se tutti lo fossimo?

Se ogni amore, ogni piccolo pezzo d'amore, ogni istante, ogni bacio, ogni carezza, non si perdesse mai, resistesse nel tempo, diventasse una foglia, una pietra, un ramo, una farfalla, ma non scomparisse mai del tutto, lo si potesse ancora trovare, da qualche parte, anche se magari non si vede, non è possibile accorgersene, e tutto il mondo esistesse solo per questo, per questo unico motivo?

E se io, davvero, potessi rivederlo ancora?

Quando Giulio mi ha dato la notizia ho raccolto da terra il primo straccio che ho trovato e me ne sono andata. Ero furibonda. Ho corso veloce per via della Lungara, sono subito tornata al forno. Aveva la porta scardinata, i muri scrostati e pieni di scritte, c'erano polvere e ragnatele, ratti e scarafaggi.

Ho lavorato sodo.

Ho pulito tutto con le mie mani; poi, nera di cenere, mi sono buttata nel fiume e mi è parso di rinascere. Ho fatto debiti, ho raccolto rame dagli argini del Tevere e grossi ceppi in via della Lungara.

Non l'avevo mai fatto, ma avevo visto centinaia di volte mio padre farlo. Ho strofinato le pietre una contro l'altra, la scintilla ha infuocato l'erba secca che ha infuocato il legno. Quando ho visto la fiamma crepitare, resistere senza spegnersi, ho aggiunto altri ciocchi e ho sentito il metallo che cominciava a scaldarsi.

Mi sono commossa.

Maria Dovizi da Bibbiena, la sua fidanzatina, quand'era a Roma stava in via dei Leutari, a Parione; aveva degli appartamenti presso la casa dello zio cardinale. Era brutta. Era bianca, pallida, senza vita, grassoccia. Non era nemmeno altera, sembrava solo malata.

Cagionevole. E petulante. Aveva già seppellito un marito, qualche anno prima: l'aveva lasciata con un paio di marmocchi che lei teneva in Toscana, ben lontani dalle sue sottane.

Era vestita con abiti ricchi, sì, e aveva uno sguardo intelligente, ma era priva di spirito, di stupore. Si controllava continuamente le unghie e i capelli, e il bustino, che fossero a posto. Secondo me, a vederli, non erano mai a posto.

Lui avrebbe potuto trovare di meglio.

Non scendeva mai da sola, ma accompagnata da due o tre damigelle. Non erano vaporose, nell'incedere, non erano femminili, ma modeste, dure, magre. Lanciavano elemosine senza sorrisi, con un po' di disgusto. Le sue zeppe per non sporcarsi nel fango erano le più alte che avessi mai visto, e i corsetti la stringevano tanto che pareva scoppiare.

Lui andava spesso in quella casa. Faceva un ritratto al cardinale. Pregavo Dio che non facesse il ritratto anche a lei. Comunque, lo controllavo. Stavo appostata di sotto, a guardare i movimenti delle tende, a cercare di sentire quel che si andavano dicendo, di capire cosa stesse succedendo. Stava dipingendo? Sì, per forza; quel pezzo di carne flaccida non poteva eccitarlo, non potevano certo accoppiarsi quei due. Ma più me lo dicevo, più pensavo che lo avevo perduto. Lo odiavo. E per quanto mi ripetessi che non poteva che andare così, che un pittore di quella fama non poteva stare tutta la vita con una come me, che mio padre aveva ragione, misero è il destino di una fornarina, andavo lo stesso sotto le finestre del cardinale solo con la speranza di rivederlo per poterlo insultare.

La domenica mi svegliavo all'alba, mi vestivo da maschio, come quando ero bambina, ed entravo e uscivo dalla chiesa di San Lorenzo in Damaso, con tutto quell'oro sul soffitto basso, opprimente, e quell'altare serio.

Mi nascondevo dietro alle colonne.

Lei veniva alla funzione con tutta la famiglia. Seguiva la liturgia senza un'espressione, con il velo in testa, inginocchiata quando doveva, in piedi quando era lecito, con la sua voce nasale, sgradevole, che sillabava il latino come se tenesse in mano un fazzoletto sporco. Qualche volta veniva anche lui, e si sedevano vicini. Non c'era emozione. Mi illudevo che lui fosse scontento, ma in realtà era solo misurato. Quel matrimonio era quello che gli serviva, poteva dargli quel che gli mancava: il nome. I suoi figli non avrebbero potuto avere il suo talento, ma avrebbero avuto i suoi agi. E, nel giro di qualche generazione, con qualche investimento, con le amicizie che avrebbero allacciato, i suoi discendenti sarebbero stati più ricchi dei Chigi, avrebbero scelto loro gli architetti e il pittore per le ville che avrebbero voluto costruire.

Quando c'era solo lei potevo stare delle ore, a San Lorenzo, a mormorare le mie cattiverie, che a qualcuno sembravano infinite, devote litanie.

La maledicevo, chiedevo per lei ogni sventura. Che le venissero le peggiori malattie, che inciampasse, che le si rovesciasse addosso l'acquasantiera.

Quando c'era lui, invece, me ne andavo subito. Mi asciugavo le lacrime con le mani, e le mani sui pantaloni.

Presto, il mio volto diventava pieno di farina.

Ero fiera. Dura. Non passavo certo tutto il giorno sotto quelle finestre. No, ero cambiata per sempre.

Dormivo per terra, mi svegliavo prima dell'alba, passavo di casa in casa a chiedere qualcosa da cuocere per pochi baiocchi.

La gente non mi apriva volentieri. Ero una ragazza disonorata, la concubina di un pittore, una prostituta. Ero stata abbandonata. Ero vecchia.

Soprattutto, ero una figlia irriconoscente.

Qualcuno, però, aveva ancora pietà di me, e mi dava qualcosa. Un po' di elemosina, un po' di farina. Ma io non volevo la carità.

Io volevo lavorare.

C'era poco da fare, all'inizio, ma io insistevo, e presto qualche cliente ha cominciato a tornare, perché ero silenziosa, precisa, attenta, onesta. Cercavo di fare quel che faceva mio padre. Gli uomini probi erano venuti a controllare, si erano accorti che non avevo l'autorizzazione per il mestiere, che non ero iscritta a nessuna arte, ma poi mi hanno lasciato fare. Non era per me; non volevano fare un torto a mio padre.

Ho ricominciato a curarmi un poco.

A guardarmi di nuovo, come quando ero una bambina, riflessa nell'acqua.

Ero sempre io.

E lui non veniva mai a cercarmi.

Un giorno è giunto al forno un beccaio.

Era molto giovane, più di me. Aveva un paio di calzoni chiari e una veste aperta sul petto glabro. Mi ha portato delle salsicce. Le ha appoggiate sul bancone dentro a un cartoccio. È rimasto lì, a guardarmi, inebetito.

"Messere..."

"Sono per voi. Per me è una gioia, rivedervi qui."

Così, mi sono ricordata di lui. Da bambini andavamo a messa insieme, la domenica, nella chiesa di Santa Dorotea. Col tempo, si era fatto uomo. Aveva una piccola bottega dalle parti di Santa Bonosa.

Ha cominciato a venire spesso, mi salutava, mi lasciava qualcosa da mangiare. Aveva un animo nobile, poetico. Aveva imparato a memoria dei versi per me. *Rosa fresca aulentis-*

sima, così mi chiamava. Forse era troppo serio, eppure mi faceva sorridere.

La compagnia del beccaio mi confortava: dopo tutto quel tempo, ero di nuovo interessata a qualcuno. Mi pareva un miracolo. Ho pregato il Signore di farmi innamorare di quel bravo ragazzo, di rifarmi pura per un matrimonio onesto.

E mi pareva che le mie preghiere avessero trovato ascolto, perché capitava che un poco chiacchierassimo, e lui faceva venire al forno amici suoi che dovevano cuocere il pane o un galletto.

Un giorno mi ha detto: "Domani c'è la sassaiola e mi farebbe piacere se tu venissi a vedermi. Ti dimostrerò quanto sono coraggioso".

Ho accettato. Da quanto tempo non andavo a una sassaiola? Quand'ero bambina, mio padre mi ci portava sempre; si sforzava di fare tutte le cose che facevano gli altri. I trasteverini del fosso del Panonto si battevano contro i monticiani ladri di crocifissi.

Ai tempi della Villa mi sarei vergognata solo all'idea di volerci andare, solo a ricordare che nella vita ci ero stata. Ma ormai ero diversa, e l'entusiasmo con cui avevo risposto a quella proposta era spontaneo.

E ho pensato a mio padre; anche se quel ragazzo conosceva la differenza tra la coppa e la spalla, lo stinco e la costata, e non tra il miglio e la crusca, ho pensato che comunque gli sarebbe piaciuto.

L'appuntamento era col sole alto, al Campo Vaccino.

Sono partita presto, all'alba, per trovare i posti migliori. Da sola. Tanti carri mi sono passati vicino senza invitarmi a salire, ma alla fine, in mezzo a Ponte Sisto, un vecchio ha fermato il suo ronzino e mi ha teso la mano. Certo non una carrozza dorata! Lì si sobbalzava, si andava piano, ammassati.

Mi sono messa tranquilla sulle gradinate del tempio di

Marte. Avevo il sole in faccia, non mi dispiaceva più di abbronzarmi un poco.

I trasteverini si stavano preparando. Erano un centinaio, tutti giovani. Raccoglievano i sassi da terra, spostavano qualche masso più grande per lanciarlo ai monticiani. Avevano accatastato dei bastoni, caso mai fossero serviti per picchiarsi.

I monticiani erano poco distante, sostenuti da una gigantesca folla alle loro spalle.

La lotta stava per cominciare, le due fazioni erano una di fronte all'altra, alla vasca di granito, sotto la statua di Marforio.

Io mangiavo ceci e osservavo.

Loro erano biondi, graziosi, e noi tutti neri; tutti, tranne il buon beccaio. Ho pregato la Madonna che non si ferisse. Robusto era robusto, ma non mi sembrava poi così sveglio.

Il primo sasso è caduto davanti ai trasteverini, a un metro circa. Ha sollevato appena un po' di polvere in quella giornata afosa. I trasteverini hanno risposto anche loro con un paio di sassi fuori bersaglio, era sempre così, per cominciare. Ma, sasso dopo sasso, la battaglia è infuriata. La gente applaudiva, in festa, parteggiava per gli uni o per gli altri, felice di quella ressa. Qualcuno cadeva, tramortito, nel sangue, e altri lo portavano via, lontano dal combattimento.

Un trasteverino, all'improvviso, invece di avanzare con i rocci in mano ha sguainato un coltello, si è spinto fino alla linea nemica, ha resistito a una raffica di pietre e ha piantato l'arma nel costato di un monticiano. Qualcuno diceva che la moglie gli aveva messo le corna con quello. Il monticiano è crollato a terra sputando sangue, con tutti i visceri che gli uscivano dal corpo. I suoi compari hanno afferrato il trasteverino e l'avrebbero ucciso se gli altri non fossero intervenuti a suo sostegno.

Gli spettatori erano ancora più eccitati e gridavano: "Ammazzateli!", "Ammazzatevi!". Adesso, era tutto un corpo a corpo. Pugni, cozzare di lame, bastonate; le due fazioni non accennavano a dividersi, a interrompersi ogni tanto per ricominciare. La situazione era sfuggita di mano ai due rioni. Una zuffa così non si era mai vista, e noi donne, insieme ai bambini e ai neonati, siamo state allontanate sopra un carro. Sono tornata al forno e mi sono chiusa dentro. Non si capiva dove fossero finiti i nostri ragazzi e dove fosse il mio beccaio. Ero eccitata; in fondo, la paura mi risvegliava il desiderio di abbracciare qualcuno. Forse, quella sera l'avrei accolto nel mio pagliericcio. Avrei provato cos'era un altro amore.

Ogni tanto qualcuno passava gridando che era la fine del mondo, la rissa era dilagata in tutta Roma, lo scontro impazzava anche a Regola e a Borgo e il papa aveva mandato le sue guardie per le strade a cercare di placare i tumulti.

Io ho spinto due pancacce contro la porta del forno, sperando che nessuno riuscisse ad aprirla.

Le campane di Santa Maria si sono messe a suonare. Come un boato, una folla stava montando.

La battaglia era ormai arrivata a Trastevere.

Ho spento la mia candela, mi sono affacciata, e ho visto dozzine di persone che si rincorrevano per via di Santa Dorotea; proprio sotto la mia finestra, due uomini ne hanno accoltellato un terzo. Io ho lanciato un grido e ho visto quell'uomo cadere a terra, esangue. Ho pensato di scendere in strada, di intervenire, di prestargli soccorso, l'ho chiamato, ma l'uomo non si muoveva più.

È stato allora che l'ho visto.

Non aveva pensato di vestirsi in modo diverso dal solito. Aveva sempre quelle belle calzamaglie eleganti, quei calzari costosi, alla moda, e il suo berretto in testa. Era venuto a cavallo. Non aveva un filo di sudore, pareva appena sceso dall'Olimpo, e sembrava impossibile che fosse riuscito ad arrivare fino al forno senza che qualcuno l'avesse depredato o spettinato. Ho provato più tenerezza che rabbia. Era così fuori luogo, così diverso dagli uomini che avevo visto combattere al Campo Vaccino.

Ho cominciato a chiamarlo. Sapeva che il forno stava dalle parti di Porta Settimiana ma, non essendo mai venuto fino a lì, senza un lume non trovava l'insegna. Ho chiamato di nuovo e si è accorto di me.

"Vieni, ti porto al sicuro!" mi ha detto.

"Per niente al mondo lascerei questo posto!"

"Ma qui sono tutti impazziti, bisogna andarsene."

"Neanche per idea. Io da qui non mi muovo."

"Vieni via."

"E poi chi mi protegge, tu?"

"Sì, io."

Ho pensato che dovevo cacciarlo in malo modo, che io aspettavo il mio beccaio, che il Signore mi aveva dato un'occasione per ricominciare, per fare quello che mio padre avrebbe voluto che facessi, ho pensato che non dovevo commettere lo stesso errore un'altra volta, ero solo una povera popolana che presto sarebbe invecchiata, e allora sarebbe stato davvero troppo tardi per sposarmi.

Ma il pensiero di allontanarlo da me è durato meno di un attimo.

"Ti faccio entrare."

Lui ha legato il cavallo lì fuori, convinto che ce ne saremmo andati subito.

"Sono venuto a cercarti," mi ha detto. "Ho saputo che qui c'era battaglia."

"E sei venuto a farti uccidere."

"No, volevo sapere se stavi bene. Ti ho molto pensato. Ti ho pensato sempre."

"È meglio che stiamo chiusi qui dentro. Non ti ci vedo molto a combattere. Mettiti pure comodo," ho detto, un poco beffarda.

Lui si è tolto il berretto, si grattava la testa.

"Puoi sederti per terra se sei stanco."

"Non mi sporcherò le braghe?"

"Credo proprio di sì."

L'ho abbracciato, ed è stato come se l'avessi visto fino alla sera prima, come se lui fosse uscito di casa solo quel mattino e fosse tornato, dopo aver lavorato fino al calar del sole. Quanto avrei voluto, quella sera, che lui fosse solo un fornaro, con un destino piccolo. L'ho portato di sopra, al mio pagliericcio, ed è stato forse l'amore più bello di sempre.

Il risveglio è stato anche migliore, a dirla tutta.

Nella notte, qualcuno gli aveva rubato il cavallo. Ben gli stava.

Ho sentito un gran trambusto dal corridoio, mi sono affrettata alla porta, e ho visto che tutte le candele dei lampadari erano accese, e c'erano madre Domitilla e sorella Porzia agitate come se le avesse morse una vipera. "È scappata! È scappata!" gridavano.

Le altre sorelle si erano accalcate, richiamate dopo il mattutino, e stavano sul ballatoio, sulle scale, fuori dal refettorio, guardavano, chiedevano, mormoravano, ridevano, perché non si capiva di chi stesse parlando la superiora. Subito sorella Porzia ha cominciato a comandare: "State ferme, voi!", spingendone due indietro con le sue enormi braccia, e spaventando le altre.

"Che nessun'altra si sogni di fuggire!"

Madre Domitilla si è messa a gridare: "Chiudete la porta!".

"Dov'è sorella Claudia?"

"È stata immobilizzata, le hanno rubato le chiavi!"

"Sta bene?"

"Anche troppo."

"È piccola, quella che è scappata."

"È una matta."

"Già," ha aggiunto qualcun'altra, con una punta di invidia.

Io sono corsa subito alla finestra.

Erano giorni che non lo facevo, che non guardavo fuori, e mi è venuta una vertigine.

Sono convinta di averla vista fuggire, anche se non l'ho riconosciuta. Era poco più di una bambina, aveva il nostro saio, ma si era tolta il velo. Aveva i capelli biondi, che non ci aveva mai mostrato. I piedi piccoli, le gambe sottili; correvano all'impazzata. Ho sperato che una barca la aspettasse, al porto di Ripetta. E la portasse via, lontano, magari fino al Nuovo Mondo.

È scomparsa dalla mia vista, verso Santa Maria, senza che nessuna la inseguisse.

Sorella Porzia, per fortuna, è troppo grassa per correre.

Ma io mi sono fermata alla finestra.

L'alba era arrivata.

Si vedeva la piazza di Sant'Apollonia. C'era un banco di funari, con una tenda rossa, e uno di armaiuoli, un carro trainato da cavalli, che portava balle di fieno, e un uomo che vendeva le mele, con un sacco sulle spalle, e poi due spagnoli con buffi copricapi dai pennacchi colorati. E c'erano dei bambini. Stavano contro un muro, a prendere il sole, scalzi e con i vestiti laceri, le facce sporche, e davanti a loro c'erano alcune mazze di legno e una palla.

Non succedeva niente, ma avrei potuto stare lì alla finestra per ore.

Solo a sera mi sono accorta che sul pavimento c'era un biglietto:

Grazie, sorella Margherita, ma non mi fido di voi. Mi pare che sia troppo difficile spiegarlo. Devo capirlo io, da sola, che cos'è l'amore.

Ho strappato il biglietto, ne ho fatti mille pezzi e li ho gettati dalla finestra. Li ho visti scendere, come fiocchi neve. Ho sorriso, e da tempo non mi capitava.

"Non mi sposerò, Ghita."

Avevo ripreso a posare per lui. Mi spogliavo di nuovo, mi accorgevo che il mio corpo era diverso, le braccia più morbide, le mani più forti, il viso più definito.

Ero diventata una donna.

"Te lo dico perché penso che ti interessi saperlo."

Io non gli avevo chiesto niente. Avevo accettato che fosse così, anche se questo mi rendeva, per tutti, nient'altro che una concubina, una cortigiana che tresca con un uomo rispettabile promesso alla nipote di un potente cardinale.

"Ma cosa dici?"

"La verità. Io non sono fatto per sposarmi."

"Lo dici solo per farmi piacere."

"Trovo quella ragazza un poco noiosa."

"E troppo grassa."

"Un poco."

"E malata."

"Non per colpa sua."

"E pedante."

"No, questo no."

"Lasciala, se ci tieni a me."

"Non posso."

"Tu puoi tutto."

"Io sono solo un pittore."

"No, tu sei il pittore più importante del mondo. Tieni i papi per le sottane."

"Basterebbe un istante, una mossa falsa, per cancellare tutto. E sai bene che da me dipendono molte persone che..."

"Andiamocene a Siena, tu e io."
"Non puoi chiedermi questo."

Sì, lo sapevo, che non potevo chiederglielo.

Era stupido pensare di poterlo cambiare, sarebbe morto se si fosse trovato lontano dai suoi pennelli e dagli schizzi per San Pietro.

Ma era tornato da me.

Gli amori, anche se vanno, anche se pare di averli perduti, prima o poi tornano. Sempre.

Lui era bello; non solo nelle sere di festa, con i vestiti eleganti, o quando dipingeva. Me ne accorgevo, di quanto era bello, nei momenti più strani: quando sporgeva la testa da una finestra, le poche volte che si sedeva per terra, o quando soffiava sopra una tazza per raffreddare il caffè. Quando guardava qualcosa, quando era addormentato. Quando, la sera, sapeva che non doveva più vedere nessuno. Quando, la sera, stava bene con me e si vedeva che, sì, non cercava nient'altro.

Veniva a prendermi con la carrozza, la sera, quando avevo chiuso il forno. Partivamo al tramonto, che di primavera, qui, non finisce mai.

Roma era grande, era tutta nostra.

A Castel Sant'Angelo c'erano i cannoni e le bancarelle vuote dei piscari, pronte per animarsi con l'alba. Al Palatino salivamo per lo sterrato, in mezzo a giganteschi archi che non coprivano più niente, e ci fermavamo, lì sotto, a fare finta di essere degli antichi Romani o degli dèi; a me toccava Venere, lui avrebbe gradito Marte ma gli davo dell'Apollo. Andavamo per botteghe in via Giulia, tutta nuova, con i tribunali, i notai;

lì stava un orefice che faceva quei gioielli a forma di scorpione che andavano tanto di moda. E ci piaceva la Rotonda, così grande in mezzo al niente che aveva intorno; ci facevamo fare l'oroscopo, che cambiava ogni volta. Ci spingevamo fino a piazza del Popolo a vedere i pellegrini che arrivavano e prendevano una misura di fieno per coricarsi, e sentivamo le loro preghiere, ci emozionavamo un poco e ci dicevamo che anche noi avremmo dovuto farlo, un pellegrinaggio. Prendevamo il Ponte Milvio, e qualche volta anche quello di Santa Maria, ma andando veloci, ebbri, facendoci maledire dal cocchiere perché stava per crollare, era pieno di crepe. Se salivamo al Campidoglio, ci piaceva guardare il pavimento a mosaico di Aracoeli, cercare di camminare senza pestare un certo colore. Al Gianicolo, lui mi portava a vedere il tempietto a San Pietro in Montorio, e poi, presto, ci perdevamo per i prati di quel colle, e lui strappava il mirto, la maggiorana, raccoglieva qualche foglia, e se li portava in bottega, per dipingerli meglio. Poi tornavamo giù, e se pioveva ci riparavamo sotto i teloni ricoperti di cera delle botteghe di Parione, dove andavamo a cercare i libri: l'*Orlando*, Petrarca, Virgilio e Catullo. Lui me li leggeva e poi scappavamo via senza comprarli. Allora io chiedevo al cocchiere di portarci verso le zone più malfamate, a vedere le greggi tra l'Arco di Tito e le colonne del tempio di Saturno, le vacche all'Arco di Settimio Severo, e poi fino al Colosseo, lì dove dormivano i viandanti e gli spostati. Lasciavamo un'elemosina, un po' di cibo, e poi ci allontanavamo.

Di rado andavamo a vedere i suoi dipinti. Capitava a Sant'Agostino, a Santa Maria del Popolo. Solo una volta mi ha portato, di nascosto, in Vaticano. Ma non c'era niente, secondo me, bello come la Villa.

Spesso, prima di rincasare da lui, allungavamo verso San Pietro, dove c'era quell'enorme cratere che pareva di affondarci, quell'arco svuotato, tutta quella terra, pronta per qualcosa di nuovo da costruire. Mi parlava del suo progetto, ma mi diceva poco; più spesso, ci capitava di stare in silenzio di fronte a quella magnificenza, che pareva parlarci di quanto è misteriosa e grande questa vita, di quanto è difficile capirlo.

Quanto tempo è passato, da tutto.

"Non prendetela!"

Sorella Agnese è a pochi passi da me. Ha gli occhi bianchi, senza pupille. La sua bocca, le sue labbra sono dure, spaventate. Ero sicura che fosse dall'altra parte del giardino, ma questa donna è una fattucchiera, non so come abbia fatto a venire fino a qui così velocemente.

"Volevo un po' di levistico per le mie macchie. Mi avete dato un ottimo consiglio."

"Non prendete la belladonna."

"Non è..."

"Non cercate di prendermi in giro."

"Come fate a vedere?"

"Lasciatela!"

"Mi serve per gli occhi."

"Non è vero."

"Voglio dilatare le pupille. Metterci dell'azzurro. So come si fa. Non mi sbaglierò. Non mi avvelenerò."

"Lasciatela lì dov'è. Non fate stupidaggini."

"Sorella Agnese, voi non capite."

"Io capisco benissimo. Lasciatela."

"No!"

Me ne vado, veloce, spingendo via sorella Agnese, dritta verso il portone, e poi chiudo gli occhi, e metto quel mazzetto, tutte quelle bacche nere, sotto il mio saio.

Il cardinale variava d'umore a seconda dei giorni.

Talvolta si presentava a palazzo con tutte le cerimonie,

insieme alla nipote Maria, ed era querulo e affettato. Ma sempre più spesso era una furia.

"Sono qui per fissare una data per le nozze," diceva impaziente, tignoso.

"Con l'anno nuovo ci sposeremo senz'altro."

"È tempo ormai che attendo! Mi state facendo impazzire!" tuonava.

"Nulla potrei volere al mondo più di sposare vostra nipote, e soprattutto di non contrariarvi, ma sono così occupato dagli affari e dalle scadenze che non vorrei impegnarmi e poi dover rinviare ancora. Le commesse sono importanti. Ho la responsabilità di una trentina di uomini. Il papa ha bisogno del mio sostegno quotidiano, e nessuna ambizione potrebbe mai distrarmi dall'essere di conforto al Santo Padre nel suo santissimo ministero. Ma, con l'anno nuovo, festeggerete insieme a noi."

"Mancano più di sei mesi all'anno nuovo."

"Presto vi darò un nipote."

"Iniziate a fissare le nozze. E lasciate perdere le sgualdrine di cui vi contornate."

"Ho Madonne da ultimare che mi impediscono di dormire."

"Dicono che siano donne vive e tutto fuorché sante, quelle che vi impediscono di dormire."

"È perché il mondo è pieno di invidiosi."

"Voi siete troppo fortunato."

"Perché posso sposare vostra nipote."

"E furbo. Ma io non scherzo a lungo. Trovate il tempo per mia nipote, altrimenti non credo che dovrete più occuparvi delle commesse papali, né di nessun'altra commessa qui a Roma. Spero di essere stato chiaro."

Temevo che non avrebbe resistito a lungo.

Prima o poi, l'avrebbe sposata.

Ci avrebbe fatto un figlio? Quello mi sarebbe dispiaciuto.

Ma in fondo ci pensavo poco, non avevo tempo per i pensieri. Bisognava raccogliere la legna, badare alla fiamma, controllare gli ordini, pagare i fornitori. Non avevo più pretendenti, perché tutti sapevano che continuavo a frequentare il pittore. Alcuni spasimanti avevano perso le speranze. Altri si erano accasati. Il beccaio era partito per il Nuovo Mondo. E quasi tutti gli sposi che vedevo per via di Santa Dorotea, quando passavano con i carri nuziali, erano ben più giovani di me. Io li salutavo, auguravo loro gioia e fecondità.

Gli affari al forno non andavano bene, ma non volevo più il suo aiuto. Accettavo solo qualche vestito, e il muschio e l'ambra, quando non potevo permettermeli. Di quelli, non potevo fare a meno.

Erano passati anni, ormai, dal nostro primo incontro.

L'amore cambia.

L'amore non è mai lo stesso.

L'amore bisogna curarlo, starci attenti. Il nostro era diventato meno folle, ma più necessario. Era meno frequente, ma più intenso. C'era meno foga, meno corsa. Ma più forza. Era come un oceano calmo, spaventoso, rispetto a un torrente gonfio di pioggia.

Mi ricordo un giorno, alle Terme di Caracalla.

Non c'era mai nessuno lì, si vedevano vigneti, e cavalli, e un vecchio cimitero che non veniva più utilizzato da secoli. Ci piaceva andare a passeggiare sotto quelle torri brunite.

"Ci sono dei giorni che mio padre mi manca."

"Capisco cosa intendi."

"Mi manca parlargli, dirgli certe cose, per sapere come la penserebbe lui."

Avevamo lasciato la carrozza al Circo Massimo e in pochi passi eravamo arrivati. Lui teneva un coltello in mano, "se mai arrivassero i briganti", ma io pregavo che non venissero; anche perché avevo la certezza che, maldestro com'era, si sarebbe pugnalato da solo per sbaglio.

Il cielo era gonfio nel mezzogiorno, ma l'aria era fresca di autunno. Era una domenica. Eravamo stanchi. Io gli parlavo del forno, della richiesta di risarcimento di un facchino perché gli avevo bruciato gli arrosti e, a suo dire, gli avevo rovinato una festa di matrimonio. Lui mi confortava, non voleva che mi preoccupassi, e poi mi raccontava che era in ansia per il cantiere di San Pietro, e che forse, per una volta, non si sentiva all'altezza.

"Mia madre non l'ho quasi conosciuta."

"Neanch'io la mia, come sai."

"Eppure," ha detto, "ogni tanto è come se li sentissi, tutti e due, mio padre e mia madre, come se sapessi bene cosa vogliono da me."

"Sì, vorrebbero il contrario di quello che facciamo. Una famiglia, dei nipoti, vorrebbero essere sicuri che siamo felici. Che non ci siamo perduti lungo il cammino, che non siamo rimasti soli."

"Sanno benissimo che non sarà così."

"Chi lo sa. Forse ci sperano ancora."

"Siamo troppo diversi da loro."

"Sì, ma in fondo siamo simili tra di noi."

"Non siamo come gli altri."

"No, lo penso spesso."

Eravamo sul bordo della piscina, ai piedi di una colonna di granito, e lui ha detto: "Sai cosa c'è? Che, alla fine, a me importa solo di te, e dei miei colori".

"E un poco anche dei banchetti?"

"Sì, è vero, un poco anche di quelli."

La luce della sera entra dalla finestra.

Ho indosso il vestito di sacco, ma non è più di sacco. È di velluto, giallo e nero. E in testa non ho il velo, ma una cuffia in mussolina profumata allo zafferano.

Ecco, sento il suono del liuto e dei flauti.

Siamo alla Villa, in mezzo alla Sala delle Prospettive, ci sono decine di donne ma io sono la più bella. E lui è il più elegante, tutti lo guardano, lo desiderano. È finita la bassadanza, hanno suonato un lauro e uno spagnoletto, ora però viene la gioliva: anche se un po' antica, è sempre la mia preferita, è la nostra danza. Quante volte l'abbiamo ballata insieme. Lui viene a prendermi, mi afferra la mano, mi porta con sé, camminiamo stretti, ci inchiniamo di fronte agli altri. Poi lui si ferma, e allora tocca a me girargli intorno, come un'ape con un fiore, è la donna che comincia, che seduce, che desidera. Finisco il giro, e poi tocca a lui. Ora mi sfiora, ora si allarga. Ci guardiamo. È sbagliato. Li ho letti, i trattati, non bisogna tenere gli occhi alteri, non bisogna lasciar vagare lo sguardo, di qua e di là, bisogna guardare per terra, essere oneste e gentili. Ma non ce la faccio. I nostri occhi si cercano, incollati come la resina sugli alberi, il miele sulle dita, la neve appena caduta sulla terra.

Quanto mi manca.

A cosa servono le stelle, se la notte non può passare? Perché continuano a fiorire gli alberi? Perché continua a cadere la pioggia per dissetare le piante? Perché le farfalle non smettono di volare, non scendono a terra? Perché l'acqua non resta sulle cime dei monti?

Perché Dio non si accorge che tutto quello che fa è ormai inutile?

Devo stare tranquilla.
I ricordi mi servono.
I ricordi mi calmano.
I ricordi mi fanno bene.
I ricordi mi fanno pensare che lui sia ancora qui.
Devo ricordarmi tutto.
Devo ritornare a quell'ultimo momento.
Devo rivedere il dipinto.
Il mio anello.
Nessuno può portarmi via il mio anello.

Ecco la scena.

C'erano bestie; bufali, asini, tori, cavalli berberi, elefanti di Annibale dall'Africa.

C'erano maschere; uomini vestiti da Ercole col cuoio, o in toga, con le tavole dei decreti, o da re incatenati, senatori, eroi. Donne vestite da monache, da farfalle, da leonesse.

C'era chiasso, musica, odore di cibo.

Era Carnevale.

Avevo deciso di chiudere il forno e di godermi qualche spettacolo, quando è entrato un soldato, basso, sgraziato, con una picca finta, senza lama, e un elmo con la visiera. Teneva un sacco in mano.

"Siete venuto a rapinarmi, bel soldato?"

"Non mi riconoscete?"

Quella era la voce di Baviera.

"Allora non siete tanto bello."

"Siete sempre generosa con me."

"Ho fatto in tempo ad affezionarmi anche a un individuo come voi. Una volta ero più esigente di quanto non sia diventata poi."

"Il mio signore dà una festa, e vorrebbe vedervi."

"E il forno?"

"Il mio signore crede che, per una bella festa, anche il forno possa aspettare."

"Forse ha ragione."

"Indossate questo," ha detto tirando fuori dal sacco un abito simile al suo.

"La festa è a Palazzo?"

"No, in una villa fuori Roma."

"La Villa di Chigi?"

"Molto più fuori."

"Ci sarà anche la sua fidanzata?"

"No, direi proprio di no."

Io non ho fatto altre domande, mi sono infilata quel vestito di due colori. "Mi sta malissimo."

"Nessuno vi riconoscerà con quest'elmo indosso."

"Non è della mia taglia. Non posso stare così tutta la sera."

"Troverete un cambio al vostro arrivo. Ci saranno dei sarti."

"Ma è una grande festa?"

"Il mio signore ha scelto con cura gli invitati."

Così bardati siamo usciti dal forno e subito ci siamo perduti tra la folla. "Di qui," mi ha indicato Baviera, facendomi procedere verso il Tevere.

Quando siamo giunti sulla riva, ad attenderci c'era un carro. Era spoglio, tirato da un ronzino, con della paglia e un pancaccio. "Non aveva di meglio?"

"Non dovete farvi riconoscere."

"Perché?"

"Poi capirete."

Il cocchiere ha frustato i cavalli. Il carro si è avviato sobbalzando sui ciottoli. L'aria era fresca, e qua e là, ancora in ombra, c'era qualche chiazza di neve.

"Poteva pensare almeno a un mantello, per coprirmi," ho protestato.

"Ha pensato a tutto, vedrete."
"Se è uno dei suoi scherzi..."
"Lo perdonereste perché è Carnevale."
"Dite che è uno scherzo?"
"No, davvero."

La carrozza andava veloce, oltre l'Esquilino, oltre il Ponte Salario. Passavano i palazzi, le piazze festanti, i balconi pieni di bambini che lanciavano semi di coriandolo. Ma noi abbiamo proseguito, oltre le Mura Aureliane, oltre Porta Latina, tra i campi di grano.

"Quando arriviamo?"
"Abbiate pazienza. È un luogo dove nessuno può vederci."
"Devo aspettarmi spettacoli osceni? Magari ci fosse, ogni tanto, qualche bell'uomo nudo."
"Credo proprio che non ci saranno uomini nudi. E nemmeno donne."

Così abbiamo passato un paesino di quattro case e, poco dopo, ho visto una chiesetta di sassi. Era piccola, con la sua croce, in mezzo a un campo di granturco. Non mi pareva proprio il posto dove poteva esserci una villa, chissà quanto mancava ancora alla nostra meta, ma il carro si è fermato all'improvviso.

"Siamo arrivati," ha detto Baviera.
"Cosa significa questo?"
"Dentro la chiesa, madama. Potete anche togliere l'elmo, se volete."

Io non capivo nulla, e ho cominciato ad affondare nel fango, mentre vedevo una dozzina di vacche, lontane, avvicinarsi, e un cane che abbaiava seguendole.

C'era lui, sulla porta della chiesa.

E vicino a lui, la cuoca, commossa.

"Mi vuoi spiegare..." gli ho chiesto.
"Mi vuoi sposare?"

È stato un pretino mezzo sordo, che parlava con voce troppo forte, a svegliarmi da quell'incantesimo: "Sbrigatevi, che dopo ho un altro matrimonio, di gente importante, un venditore di carni".

Questo è l'anello.

È minuscolo, a dire il vero, non fa mai spessore sotto la tunica, anche se faccio movimenti bruschi, o mi chino per prendere la particola. Lo tengo appeso a un nastro di seta trasparente, sottile, quasi invisibile, sto attenta che non mi sbuchi mai dal colletto. Non sembra neanche una fede. È in oro, con una piccola pietra blu, un lapislazzuli.

Questo è l'anello che non ho mai potuto mostrare. Che nessuno può togliermi.

Anche se Giulio me lo ha tolto.

Il cardinale continuava a cercarlo.

Gli mandava messi e procuratori, lettere e notifiche.

Lui si negava, e spesso, per non farsi riconoscere, usciva dalla bottega travestito da garzone. Più che preoccupato, secondo me era disperato di dover indossare quelle umili vesti che, a suo dire, non gli donavano. Se il Bibbiena si faceva insistente, si giustificava con nuove commesse impreviste e strane malattie, e ogni tanto accennava a una crisi mistica, e così all'ipotesi di prendere i voti, e lusingava il cardinale sulla bellezza di essere sacerdote. Altre volte inventava lunghi viaggi per incontrare parenti immaginari, o progetti segreti per il papa. I suoi stratagemmi funzionavano. Baviera corrompeva gli stallieri del cardinale per sapere se avrebbe lasciato la città, e quando sarebbe rientrato.

Non poteva certo dirgli che Maria non poteva più sposarla perché aveva sposato me. Se lo avesse scoperto, l'ira del Bibbiena sarebbe stata terribile.

Piuttosto, per ingraziarselo, continuava ad assistere a una commedia che il cardinale aveva scritto, e che davano spesso nei teatri romani. Una volta, per curiosità, vi ho assistito anch'io: era una beffa amorosa, e mi domandavo se non l'avesse composta pensando proprio a come il pittore lo stava gabbando.

La sua scelta di non sposare la nipote di quell'uomo potente era inspiegabile per i romani. Sì, era il miglior pittore del mondo, ma quel matrimonio gli conveniva comunque. Che non ne avesse voglia era la motivazione più semplice, quindi nessuno ci credeva. Alcuni dicevano che era preoccupato per la salute cagionevole della promessa sposa. Altri che una donna che ha già seppellito un marito non la si dovrebbe sposare: la prudenza non è mai troppa. Che volesse stare con me era fuori discussione; ero solo una popolana, non poteva sposarmi e poteva, viceversa, ben tenermi pure sposando l'altra; Maria Dovizi sapeva di sicuro che un uomo degno di questo nome ha almeno un'amante.

I romani erano divertiti da quella situazione. E così si inchinavano al cardinale e gli imploravano preci e benedizioni, ma tutte quelle cerimonie nascondevano un sorriso di derisione. E molti commiseravano quella povera ragazza che lui non voleva sposare, ripudiata ancora prima di esser presa in moglie.

Ho rivisto Maria, una volta che passavo davanti a San Lorenzo. Quasi non la riconoscevo. Quella ragazza florida, grassa, dimagriva ogni giorno di più, ormai era solo uno scheletrino.

Un giorno, la carrozza del cardinale si è fermata davanti al Palazzo. Baviera ci aveva detto che il Bibbiena era tornato in Toscana, e quindi non capivamo chi fosse arrivato.

Dalla carrozza sono scesi quattro uomini con cappellacci e stivali, lunghe barbe e cicatrici sulle braccia. Tutti e quattro hanno tirato fuori i coltelli e hanno cominciato a rotearli, perché si vedessero bene. Le lame brillavano nella luce.

Sono rimasti lì dall'alba al tramonto. Durante la notte si sono dati i turni. Ce n'era sempre almeno uno che vegliava. Non dicevano niente, non facevano niente, nessuna guardia interveniva per farli spostare.

Il pittore non poteva più uscire, neanche travestito; era troppo rischioso.

Era prigioniero nel suo palazzo.

"Prima o poi si stancheranno," diceva soltanto, mentre continuava a mescolare i colori sulla tavolozza. "Ho una buona scorta di materiali, per fortuna."

Mi piaceva, quando fingeva di essere coraggioso, specie perché lo faceva per me.

Il destino, però, fa quel che vuole.

Maria è morta qualche giorno dopo l'inizio di quella lunga posta. L'abbiamo scoperto quando la carrozza se n'è andata ed è arrivato subito un messo del cardinale. Recava un messaggio per il pittore, che lo informava della sciagura. Era un messaggio di circostanza, per niente affettuoso. In ogni caso, invitava il pittore a rispettare il lutto per la promessa sposa.

Lui non chiedeva di meglio; ha sempre pensato che il nero gli donava.

Maria.

Mi pare che ci sia Maria, in questo specchio.

Le guance si sono fatte secche.

Il sedere è magro, spento.

Sono bianca come una principessa.

Ho solo gli occhi, e i capelli.
Non mi voglio più vedere così.
Scaglio lo specchio per terra.
Il vetro si rompe in mille pezzi.
Dal corridoio si sentono voci, vogliono capire che cos'è successo. Attendo, in silenzio.
Se ne vanno.
Non mi vedrò mai più.
Devo rivedermi per l'ultima volta.
Ricordarmi chi sono io.
Non sono questa donna buttata qui, sconfitta.
Io sono un'altra.
Io sono quell'amore.
Io sono il mio amore.
Io sono la mia bellezza.

"Devo chiederti una cosa," gli ho detto.
"Chiedimi quello che vuoi."
"Promettimi che mi accontenterai."
"Te lo prometto."
"Caccia tutti dalla bottega. Dobbiamo scendere."
"Non posso farli uscire all'improvviso."
"Troverai un modo. Me l'hai promesso."
Ha chiamato Baviera: "Scendi giù e di' a tutti di andarsene. Di' loro che è un mio ordine".
Baviera ha obbedito ed è scomparso. Presto è venuto a dirci che erano andati tutti in osteria a bere e a giocare ai dadi; ha chiesto se poteva andarci anche lui. È stato congedato.
"Ora scendiamo."
Lungo le scale mi ha preso il braccio e siamo entrati nella bottega; c'era silenzio, in mezzo a quegli odori acri, che ormai mi erano familiari.

"Ora posso dirti il mio desiderio."
"Esprimilo."
"Voglio essere la tua modella."
"Lo sei sempre stata."
"Voglio che tu mi faccia il ritratto."
"Un altro?"
"Il primo."
"Ma se ti ho dipinta decine di volte."
"Non hai mai dipinto me."
"Cosa intendi?"
"Hai sempre fatto quello che ti chiedeva qualcun altro: i tuoi committenti, i preti, i signori... e anche le nobildonne. Hai dipinto per chiese, case, palazzi. Per gli scudi, per la fama. Non hai mai fatto niente per me. Adesso, è questo che voglio. Voglio che tu faccia un dipinto solo per noi. Voglio che tu mi dipinga come mi vedi solo tu, come sono davvero io, la Fornarina che tu conosci."
"Con i tuoi stracci da lavoro?"
"Come sono per te. Come mi vedi più bella."
"E allora spogliati."
Aveva capito.
Mi sono tolta i calzari e la veste, la camiciuola e le braghesse. Sono rimasta nuda di fronte a lui. Non mi sono tolta tutto, però. Anzi, qualcosa l'ho indossato, togliendomelo dal collo. All'anulare sinistro, lì dove doveva stare, ho infilato l'anello.
"Siediti," ha proseguito, mostrandomi un pancaccio di fronte al suo sgabello.
"Guardami negli occhi."
Io ho obbedito. Ho sorriso un poco, senza muovere le labbra, con gli occhi che gli volevano bene, e restavano furbi, svegli.
Ha scelto un'asse di pioppo, tutta chiara, e l'ha appoggiata sopra il cavalletto. Ha regolato l'altezza, preso le distanze,

e ha cominciato il primo schizzo. Andava di getto, le linee frenetiche, sicure, come sapesse da sempre cosa doveva fare.

"Il volto ce l'ho," ha detto dopo poco. "Adesso, dobbiamo pensare a cosa puoi indossare."

"Non volevi ritrarmi nuda?"

"Non ti preoccupare, che i tuoi seni si vedranno."

Ha chiamato i servitori per farsi portare dabbasso le stoffe che aveva in casa: mussole, sete, broccati, velluti, organze, crespi. Abbiamo cercato insieme, provando i colori: gialli, blu, verdi, marroni, grigi, bianchi. Infine, abbiamo scelto un manto rosso, soffice, che sembrava l'onda di un mare al tramonto. Mi ha detto di provare ad appoggiarmelo in grembo, sopra le gambe, abbandonato lì. Morbido, come un lenzuolo dopo l'amore.

"Tienilo lì, a nasconderti un poco."

"Voglio che si veda l'anello."

"Mettici sopra la mano sinistra."

Ha continuato a cercare tra tutte quelle stoffe. Secondo lui, mancava ancora qualcosa.

"Vuoi coprirmi il busto?"

"No. Voglio trovare qualcosa di più bello, voglio tutta la luce."

Si è messo a rovistare, finché ha tirato fuori da una scatola un velo chiarissimo.

"E questo da dove viene?"

"Chissà."

"Non sarà di un'altra?"

"No, deve avermelo dato un mercante."

"E non potevi regalarlo a me?"

"Adesso è tuo," ha detto. Lo ha disteso davanti a me, per mostrarmi che era trasparente, la luce ci passava attraverso. "Tienilo con la mano destra. Sul petto. Tienilo in mezzo ai seni, sopra il braccio. Scopri i seni."

Mi ha fatto acconciare i capelli, scriminati a metà come

usavo portarli, profumati, mi ha chiesto di cingermi il capo con una stoffa, e io ho voluto prenderne una oro e blu.

"Ci siamo quasi," ha detto lui. "Un gioiello."

"Non voglio gioielli."

"Uno solo." E aveva ragione, perché era il mio preferito. Un pendaglio con un rubino, uno smeraldo e una perla scaramazza forata, che ha fissato al turbante.

"Adesso passiamo al belletto," ha aggiunto.

"Questo proprio no."

"Soltanto un po' di cipria."

"No."

"Perché?"

"Su questo non cedo. Voglio che tu mi dipinga come sono. Con la carnagione scura, da popolana, la carnagione di una donna che sta al sole, che inforna il pane." Gli ho sorriso. "Non so come fare con te. Mi sembrava che avessi capito, e invece – ancora una volta – non avevi capito niente."

Il lavoro è stato lungo.

Continuava a chiamarmi, a mettermi in posa, a rivedere, e a correggere. Mi ha spostato le braccia finché non ha trovato la posizione giusta, le mani aperte, rilassate, che dovevano proteggere, e non nascondere. Quando è stato soddisfatto, ha steso il gesso e la colla, perché il colore potesse fermarsi lì, e il colore è cominciato. La biacca, il cinabro, le terre d'ombra per il volto, il nero di carboncino per i capelli, il rosso per il manto, e poi polvere d'oro per dare luce, e azzurrite, lapislazzuli, giallo di stagno, e ancora oro, sulla pelle, e poi l'olio, l'olio più puro, che dava la luce.

Lavorava attento, preciso.

Ma era emozionato.

Non l'avevo mai visto lavorare così.

Tutti si domandavano a quale progetto si stesse dedicando, dato che aveva quell'aria corrucciata, concentrata, e capivano che non voleva condividere il motivo di quella dedizione. Fantasticavano su acquedotti, porti, cattedrali.

Nessuno sapeva che lui voleva solo dipingere la sua bella Fornarina.

Mi ritraeva quando eravamo soli, di notte.

Spesso mi chiamava per pochi attimi. Per vedere, verificare, una luce, un colore, lo sfondo, l'intensità delle pupille, la forma delle dita, l'osso del polso. Voleva che tutto fosse perfetto. Ma procedeva anche senza di me, appena la bottega era vuota. All'inizio aveva pensato di poter concludere in pochi giorni, perché aveva sentito quanto gli riusciva naturale, si era accorto che sapeva tutto di me, che il mio corpo l'aveva visto migliaia di volte; i miei capelli, le mie ciglia, il gomito, il collo, nessuna parte di me aveva segreti per lui, conosceva il mio corpo meglio di quanto lo conoscessi io. Ma presto aveva capito che quell'amore andava sotto, sotto quel corpo, e che bisognava cercarlo, immergersi, per non perderlo.

Ogni volta, appena terminava, guardava di sfuggita il risultato e subito nascondeva il dipinto sotto un lenzuolo; lo lasciava vicino al suo sgabello, dove solo lui aveva accesso, dove nessuno toccava mai niente.

"Voglio vedere il mio ritratto," gli chiedevo sin dal primo giorno.

"Potrai vederlo solo quando sarà pronto. Adesso siamo troppo indietro."

"No. Voglio vederlo subito."

"Non insistere. Questo è il mio unico desiderio."

Il tempo passava, passava l'inverno.

Lui dedicava alla tavola ogni energia, ma la bottega era

sempre occupata ed era distratto da incombenze e capricci dei committenti, che si lamentavano se interveniva troppo poco nei cantieri e nelle opere che gli avevano richiesto.

Pensavo spesso a quel dipinto, a quel regalo.

Mi ero vista più volte, allo specchio, agghindata come aveva deciso di ritrarmi, e mi domandavo se lui sarebbe stato capace di fare la stessa donna che compariva su quel vetro.

Ormai le pennellate che dava erano pochissime, misurate.

Lui stesso ripeteva: "Ci siamo quasi".

Una mattina sono uscita all'alba per le consegne. Avevo riposato male per via di un incubo, e camminando avevo scacciato i pensieri. Una volta salutate le sorelle di San Cosimato e incassati i miei baiocchi, ho pensato di non tornare al forno. L'avevo spento, per quel giorno non era atteso nessun altro. Mio padre mi avrebbe rimproverato, dicendomi che ero capricciosa, che la porta del forno deve stare aperta di giorno, tutto il giorno.

Sono scesa al Tevere, ho proseguito lungo l'argine. In giro non c'era un'anima. Si vedevano solo una barca che si staccava dall'Isola Tiberina, un carro che andava rapido di là dal fiume, un gruppo di penitenti che si trascinavano verso San Pietro battendosi con le fruste. Si era in Quaresima e mancava poco alla Settimana Santa.

Ho deciso di andare da lui.

Quando sono arrivata al Palazzo, mi sono accorta che c'erano delle luci dalla parte della bottega. Sono entrata subito, senza bussare. Solo lui poteva dipingere così presto. Tutti gli altri, probabilmente, erano ancora addormentati nelle stufe. Una candela bruciava dal lato opposto del pianterreno, e quella luce veniva dal suo sgabello. Doveva essere tanto assorto nel lavoro da non accorgersi che l'alba ormai era venuta, il lume si poteva anche spegnere.

L'ho visto lì, e il suo aspetto non mi è piaciuto; era stanco, stravolto, come se non avesse dormito, i capelli scarmigliati e un'ombra di barba che gli induriva i lineamenti.

Era davanti a una tavola.

L'avevo vista talmente tante volte, girata, coi segni del pioppo, con la traversa di legno di castagno, che non ho avuto dubbi.

Stava completando il mio ritratto.

"Che ci fai qui?"

"Sono venuta a vedermi."

"Non ho finito."

"Non mi importa. Sono una donna, sono curiosa. Sono mesi che attendo."

"Mi manca da sistemare il braccio, e un poco l'incarnato. Non mi convincono. Appena sarà pronto te lo mostrerò."

"Mostramelo subito."

"Non mi piacciono le persone impazienti."

"Non mi piacciono i pittori lenti."

"Ma guarda che hai un bel carattere..."

"Tu no?"

"Va bene," ha concesso. "Chiudi gli occhi."

Li ho chiusi, immediatamente.

Mi ha preso per mano e mi ha fatto sedere sul suo sgabello, quello che usava sempre per dipingere, dove non mi ero mai seduta prima, dove a nessuno era permesso sedersi. Ha spostato la tavola, l'ha messa davanti alla luce del giorno, di modo che si vedesse bene.

"Adesso aprili."

È così difficile da credere, ma è vero.

Ero io.

La ragazza che aveva dipinto era Ghita. Aveva i miei occhi, e quei seni belli, e quelle mani, un po' stanche, che sapevano lavorare, e le spalle, dolci, femminili, e il grembo, e un po' di muscoli, e il volto arrossato dal calore, dal sole. Aveva il mio naso, troppo pronunciato, e il mio mento un po' spigoloso, il lobo dell'orecchio staccato dalla guancia, e l'attaccatura dei capelli, che non stavano mai al loro posto, e tutti i miei difetti, e tutta la mia bellezza.

Aveva il mio anello.

No, non potevo più morire.

Sarei rimasta così, per sempre.

Non sarei invecchiata, non potevo più invecchiare.

La mia anima era già da un'altra parte.

Io me n'ero già andata.

Noi, ce n'eravamo già andati via.

L'ho capito in un solo momento.

Ho capito quanto amavo quell'uomo.

Ho capito, soprattutto, un'altra cosa; ne sono stata sicura in quell'istante per la prima volta nella mia vita, più di quando venne a prendermi al forno il giorno della sassaiola, più di quando mi ha sposato, o della prima notte nella sua bottega.

Ho capito quanto mi amava.

Quanto aveva amato davvero *me*.

Con quel dipinto, era successo qualcosa.

Qualcosa di sconvolgente, di meraviglioso.

Ero felice, ma avevo paura.

Il nostro amore è durato tutto il giorno.

Baviera bussava alla porta; c'erano mandatari e venditori, magazzinieri e sacerdoti, e tutti avevano bisogno urgente di parlargli. C'era San Pietro, c'era da decidere sulla frutta che veniva dal Nuovo Mondo, c'era una celebrazione della Pasqua alla quale il papa gli chiedeva di partecipare. Lui si negava, rispondeva di malavoglia, poi si arrabbiava, e minacciava Baviera di cacciarlo.

Voleva stare con me.

Sonno e veglia si mischiavano, e così anche l'amore era lungo, fatto di carezze che non finivano mai, non portavano a niente, e poi frenetico, affamato, che non dava nemmeno piacere. Avevo un presagio. Lo afferravo in un modo nuovo, con forza, come se dovessi tenergli l'anima dentro le ossa. E anche lui aveva una nuova avidità, mi abbracciava così forte che pareva soffocarmi.

Verso sera è venuto un gran freddo.

All'improvviso, un vento gelato è entrato dalla finestra, ha spalancato i vetri e fatto un vortice, ha portato polvere e terra, e petali e foglie, come un autunno improvviso. Ho sentito il ghiaccio sulla pelle sudata. Lui ha cominciato a tossire, si è sciolto dal mio abbraccio e si è messo seduto sul letto, cercando di cacciar via quella tosse. Poi ha ripreso a respirare senza affanno, si è alzato ed è andato a guardare fuori dalla finestra. Sembrava tornata la quiete.

"Dobbiamo accendere un fuoco?" ho chiesto io.

"Ormai è primavera."

"Fa freddo però."

"È stata solo una folata di vento."

È tornato a distendersi sul letto.

Era una strana sensazione. Non sapevamo più cosa fare. Non volevamo più alzarci, andarcene da quella stanza. Avremmo dovuto accettare che qualcosa era finito. Così, siamo rimasti fermi, senza parlarci, sfiorandoci solo la pelle, come per assicurarci di essere ancora lì, insieme.

Dopo quel vento, però, qualcosa era cambiato nell'aria. Era venuto subito buio. Ma non era quello. Era il freddo. L'amore non ci scaldava più. Ci sentivamo gelare. La pelle era rigida, arrossata, le labbra si screpolavano, ma quel vento non era solo fuori, era sotto, dentro di noi, girava per i nostri corpi, dentro il nostro respiro. Non facevamo nulla. Prendevamo sonno e subito ci svegliavamo, per cercarci ancora, ma quegli abbracci erano di due corpi morti, incapaci di darsi ancora qualcosa. Cercavamo vesti, lana, legna. Cercavamo di coprirci. Di stringerci.

Ma niente poteva salvarci.

Alle prime luci dell'alba lui tremava tutto, si agitava, si voltava di scatto, scosso come a bordo di una nave durante una tempesta. Tutto il suo corpo era ghiacciato, biancastro. Solo la fronte scottava come un forno. Il vento l'aveva preso. Farfugliava, non riusciva a finire una frase che si metteva a tossire. Tossiva come dovesse cacciare fuori l'anima, come dovesse mandare via la morte da dentro i polmoni. E non ce la faceva. Il suo tentativo era un rantolo spaventoso, era il verso di una bestia.

"Chiama qualcuno, Ghita."

Sono uscita dalla stanza correndo. "Baviera! Baviera!" ho gridato per il Palazzo. Nessuno mi rispondeva. "Baviera! Baviera!" Mi sono venuti incontro altri servitori, ma avevo bisogno di lui. "Baviera! Baviera!" L'ho trovato nelle stalle, che riposava dentro la carrozza, in compagnia di una ragazza mulatta più addormentata di lui, con un fiasco di vino rovesciato sul pavimento. L'ho scrollato: "Il padrone sta male!" gli gridavo, cercando di svegliarlo. "Vai a chiamare un medico!"

"E che ha?"

"Una febbre altissima."

"Si sarà divertito troppo!" biascicava. "Capita, in questa stagione."

"No, è grave. Era con me."

"Non mi sembra così grave."

"Muovetevi."

"Lasciatemi riposare. Non vedete che sono in compagnia? Non posso sempre lavorare."

"Come è vero Dio, Baviera, sta molto male! Andate, non

perdete un istante! Andate, chiamate tutti i dottori di Roma, chiamateli tutti qui!"

Sentendo il tono della mia voce, anche lui si è inquietato. Ha richiamato il cocchiere e sono partiti veloci, nella nebbia di quel mattino improvvisamente invernale.

Io sono ritornata al suo capezzale.

Ero terrorizzata. La pelle stava perdendo colore, le labbra diventavano bianche, le braccia erano deboli. D'un tratto sembrava vuoto, come un otre che perde acqua. Continuavo a passargli una spugna bagnata sulla fronte. Gli ho acceso un fuoco lì vicino, e ho cercato di scaldarlo come potevo, con bracieri, con vasche piene di acqua bollente, con altre stoffe. Ma non sudava. Diventava solo più rigido.

Ogni tanto era lucido. La febbre gli dava requie. Allora mi sorrideva. Mi diceva che si sentiva meglio, che il peggio era passato. Più spesso, però, mi guardava con occhi pieni di terrore. Diceva che non voleva morire, che doveva finire San Pietro, che voleva stare con me, che era troppo giovane. Io lo accarezzavo, tentavo di rassicurarlo, ma la sua lotta era tremenda.

Sono venuti i dottori. Ne è venuto uno con una maschera dal lungo naso pieno di essenze, portava guanti neri e si rifiutava di toccare il malato. Uno gioviale, rubizzo, che ha giurato che si sarebbe rimesso in un paio di giorni. Hanno detto che erano i polmoni, o il male napoletano, o un sortilegio del Demonio. Gli hanno somministrato triaca, ma poi anche valeriana e menta piperita, mugo e timo, frassino e faggio. Ogni cosa si annullava con l'altra, niente giovava. Continuavano i salassi, le sanguisughe, chirurghi e barbieri, con l'unico risultato di togliergli le ultime forze.

Sono venuti i preti, che gli hanno somministrato rosari e speranze, benedizioni e preghiere.

È venuto Giulio, sono venuti tutti i suoi.

Si chiudevano dentro la stanza fino a quando lui non riprendeva la ragione, ed era in grado di parlare e di dare loro istruzioni. Aspettavano, spesso, delle ore. Ma, in un modo o nell'altro, comunicavano. Parlavano di progetti, di pareti da affrescare e di colonne da erigere, di cardinali da lusingare e di nobildonne da acquietare. Io avevo provato a oppormi, dicevo che era troppo stanco per affaticarsi ancora, stentava a rispondere. Dovevano lasciarlo riposare, aspettare che si fosse rimesso, ma dai loro occhi capivo che non potevano rischiare di non ricevere mai più quelle ultime, decisive raccomandazioni.

È venuto il notaro, e lui gli ha detto, con un filo di voce, che Giulio doveva occuparsi di tutto. E anche di me.

È tornato un prete, per dargli l'estrema unzione.

Man mano che si spargeva la notizia della malattia, arrivavano cardinali, ambasciatori, dignitari, principi e nobildonne. Allora Giulio ha cominciato a dirmi che era meglio se non mi vedevano lì. Che io lì non ci dovevo stare.

Protestavo, mi scaldavo, dicevo che lui voleva me, amava solo me. Giulio si mostrava comprensivo, diceva che facevo un gran bene al malato, che chiedeva sempre di me se mi allontanavo, che potevo certo rimanere a Palazzo, ma spiegava che non era opportuno che mi si vedesse al suo capezzale. Il lutto per madama Dovizi era troppo recente, il Bibbiena andava e veniva dalla sua camera da letto, e così altri prelati, e ne andava della buona reputazione del pittore.

"Ma che dici?"

"L'amore non serve a nulla, Ghita. Lo sai bene."

Lo insultavo, e mi detestavo, perché facevo tutto quel chiasso vicino a lui che agonizzava, non poteva intervenire, solo soffriva per quelle liti. Capitava che dovessero portarmi via a forza dalla stanza.

Presto, così, mi sono calmata, e ho deciso di obbedire a Giulio. In fondo, avevo bisogno di qualcuno che mi dicesse cosa fare, e Giulio era l'unico a non essersi lasciato sconvolgere da quanto stava accadendo. Erano giorni che vegliavo insonne, e quando Giulio mi chiedeva di uscire dalla stanza, ormai, come sotto un incantesimo, mi chiudevo da qualche altra parte, cercavo un cuscino per coricarmi, un pezzo di carne da mangiare.

Si era entrati nella Settimana Santa.

Quel corpo esangue, steso sul letto, sembrava quello di Nostro Signore, provato dalle pene della terra. La febbre non scendeva, la tosse non cessava, i brividi lo scuotevano. In pochi giorni era divenuto magrissimo, le guance scavate, la fronte aggrottata, le mani deboli, gelide.

Respirava poco e male, e non parlava più.

È morto il giorno di Venerdì Santo.

Quando ha chiuso gli occhi per sempre il cielo era terso, ma poi è venuto un fulmine, e quel fulmine ha crepato il palazzo del papa.

Conosco la morte, ormai.
Sento che sta venendo qui, dentro di me.
La sento fredda, ma non ho paura.
La invito.
Non posso vivere senza di lui.
Ne sono sicura.
Me ne vergogno.
Il nostro amore ci ha svuotati, ci ha portati via.
Quel ritratto ci ha tolto tutto.

"Voglio prendermi un dipinto."

"Quale?" mi ha chiesto Baviera.

"Il mio."
"E dove si trova?"
"Nella bottega."
"Scendete, troverete Giulio. Accordatevi con lui."
"Non devo accordarmi con nessuno."
Giulio l'ho trovato subito, era da solo, chino sulle pergamene del progetto di San Pietro. Aveva già in mano un pezzo di grafite. Forse era la mia diffidenza nei suoi confronti, ma mi pareva che stesse già facendo dei segni, dei cambiamenti tutti suoi.
No, non dovevo vedere le cose in quel modo.
Era giusto che tutto rimanesse alla bottega, e così continuasse nel suo nome. Ed era ovvio che Giulio diventasse il capo, perché era il più bravo.
Era un poco invecchiato anche lui. Avevo avuto tanti motivi di rancore nei suoi confronti. Eravamo stati troppo gelosi – io di lui e lui di me – delle attenzioni del pittore. Ma in quel momento eravamo molto vicini. Anche lui era sconvolto dalla perdita, preoccupato di non essere all'altezza del compito, anche se la sua ambizione ardeva come brace sotto la cenere del lutto.
"Come sono difficili questi giorni, Ghita."
"Per tutti."
"Sai dove vuol essere seppellito? Alla Rotonda! Millecinquecento ducati buttati così. Ma il papa glielo ha concesso. Anche lui è sconvolto. Devo preparare la più grande cerimonia che Roma abbia mai visto. Carrozze nere, cavalli berberi, libbre e libbre di cera, veli, e musici, e cori, e banditori per tutte le strade di Roma, per tutte le chiese, da Pincio a Trastevere, da Borgo a Monti."
"Ce la farai."
"Anche tu avrai la tua parte di eredità."
"Ti dispiace?"
"Credo sia giusto. Ti basterà."

"Hai guardato i conti?"
"Io devo guardare tutto. Così ha voluto lui. Potrai comprarti una casa nuova, se vuoi. E vivere di rendita. Potrai anche andartene da Roma, rifarti una vita, trovarti un uomo che ti sposi..."
"Io voglio lavorare al forno. Non credo che prenderò i suoi danari."
"Farai quel che desideri. Ma resta una buona alternativa, non fare nulla per il resto della vita."
"E tu?"
"A me toccherà lavorare."
"Ti andrà bene."
"Sto facendo l'impossibile, Ghita. Per salvare le nostre commesse. Non hai idea di come sono fatti, questi cardinali."
"Lo fai per te."
"Lo faccio per tutti noi. Abbiamo famiglie, mogli, bambini appena nati, garzoni, altre persone a cui provvedere. E poi, lo sai benissimo, lo faccio anche per lui. Sono i suoi disegni, sono i suoi cartoni. È suo, il nome."
"Ti resterà in mano la miglior bottega di Roma."
"Ho dato tutto, per quell'uomo."
"Diventerai ricco."
"Se saprò meritarmelo."
"Ora è la tua bottega."
"Cosa sei venuta a fare?"
"A prendere un dipinto."
Giulio mi ha guardato interdetto. Gli è venuta subito la voglia di contestare, di precisare che nelle disposizioni testamentarie non c'era scritto nulla in proposito, che doveva verificare, controllare. Gli piaceva esercitare fino in fondo il potere che gli era stato dato. Ma non voleva scontrarsi con me subito. Sicché, prima di tutto, gli premeva capire a quale dipinto mi riferivo, a chi era destinato, se era indicato negli inventari.

"E dove si trova?"

"Lì."

Ho indicato lo sgabello del pittore.

Giulio non aveva ancora avuto il tempo di avvicinarsi. "Vieni," l'ho invitato, per dimostrare che io, con quel posto, avevo altrettanta familiarità di lui. "Ecco," ho detto, mostrando la tavola coperta dal lenzuolo.

"Ah," ha detto Giulio. "Mi sembrava una tavola di pioppo ancora da dipingere."

"Era il nostro segreto."

"E io posso vederlo?"

Non so perché, ho accettato.

Credo sia stata la superbia. Il desiderio che Giulio sapesse cosa aveva fatto per me, grazie a me, una meraviglia che nessun lascito, nessun palazzo, nessun sacco di scudi avrebbe mai potuto eguagliare. Ma non escludo che, all'epoca, avessi anche la speranza che Giulio mi capisse, che condividesse il mio dolore. Che fosse buono con me.

"Guarda," gli ho detto, voltando la tavola.

La luce entrava dalle finestre, il cavalletto era davanti a noi.

Non dimenticherò mai i suoi occhi. Spalancati, sorpresi. Era stupefatto.

"Sei tu," ha detto soltanto.

"Già."

"Questo velo sembra vero. E anche questo turbante. Non ho mai visto una stoffa così. E anche la pelle. Sembra incredibile, pare di toccarti."

"Gli ho chiesto di dipingermi come mi vedeva lui, solo lui."

"E questo anello, che cos'è?"

"È il nostro anello."

Ho risposto così, d'istinto. Senza pensare. E dire che sono brava, con le menzogne.

"Cosa intendi?"

"È il nostro, quello che ci siamo scambiati quando ci siamo sposati."

Giulio mi ha guardato.

Non ci poteva credere.

Non poteva essere vero. Sapeva che io e lui stavamo sempre insieme, immaginava che ci fossero cose, tra noi, che lui non doveva sapere, ma quella notizia lo sconvolgeva, e non lo convinceva. Ero solo un'amante, niente di più. Lui ne aveva tante, e per niente al mondo le avrebbe sposate.

"Mi stai mentendo, Ghita?"

"Come potrei mentirti? È successo ormai da più di un anno."

"Più di un anno... Era viva madama Dovizi?"

"Sì. Ma a lui non importava."

"Importa a me, però," ha detto secco, gelido. Teneva gli occhi fissi sul dipinto, come fosse vivo, come fosse una persona di cui aver paura. "Questa tavola dev'essere distrutta."

"Ma che dici?"

"Se venisse scoperta, il cardinale capirebbe cosa è successo. Non ti rendi conto? Scoprirebbe che lui l'ha ingannato. E noi, chi siamo? Noi siamo lui. Perderemmo le stanze di Costantino, la basilica di San Pietro. Ghita, non possiamo permetterlo. Andremmo tutti in miseria. Io devo dipingere quelle stanze."

"Lui non ti avrebbe mai permesso una follia come questa..."

"Non ne sono per nulla sicuro. Lui sapeva come va il mondo."

"Questo dipinto è mio!"

Ho cercato di afferrare la tavola, di portarmela via. Ma Giulio si è frapposto, mi ha bloccata. Le sue mani, di nuovo. Come quella volta, tanto tempo prima, quando eravamo alla Villa. Come poi alla Rotonda.

"Non lo vedrà mai nessuno. Lo terrò solo per me."

“Non posso rischiare. Mi dispiace.”

Stavo lì, ferma, immobile, stretta da quell’uomo. Che cosa stava accadendo? Era davvero possibile che, adesso, quel ragazzino distruggesse il dipinto? Poteva essere così cattivo?

Ha mollato la presa. Appena sono stata libera, ho cercato di nuovo di avvicinarmi alla tavola, ma lui subito si è voltato e mi ha dato uno schiaffo così forte che mi ha fatto cadere a terra.

“Stai ferma, o giuro che lo getto nel fuoco.”

Non riuscivo più a dire nulla.

Giulio si è avvicinato alla tavolozza. “Forse, però, basta accomodarlo.” Ha preso un pennello. Lo ha intinto nel rosa, lo ha mischiato con un poco di bianco, per ottenere il colore dell’incarnato. Ha soffiato forte. Ha girato il pennello un paio di volte, nell’aria, perché non gocciolasse, perché fosse perfetto, solo e soltanto un velo.

È andato davanti al dipinto e, con un tratto preciso, con un solo tocco, ha cancellato l’anello dalla mia mano sinistra.

I muscoli si afflosciano sopra le ossa, il respiro si ingrossa, la fronte scotta. Sono riuscita un poco a imbellettarmi. Ho le pupille azzurre. Non ho paura. So che non sono da sola. Sento il suo profumo, lo riconoscerei tra mille.

Lui è qui con me.

Mi distendo sul letto, prendo l’anello, me lo tolgo dal collo, lo metto lì dove deve stare, al mio anulare sinistro.

Tra poco chiamerò la superiora, voglio un prete che mi perdoni per tutti i miei peccati, per tutta la mia superbia, e che perdoni anche la mia felicità, e sappia che, per parte mia, perdono tutti.

Quando vedranno l’anello al dito, capiranno.

Forse proveranno a togliermelo, ancora, ma io non posso morire con l'anello al collo; deve stare al suo posto.

No, non ce la faranno.

Stringerò il pugno, lo stringerò più che posso, tutte le forze si concentreranno lì, perché quando la morte mi prenderà nessuno possa più sfilarmelo via.

ROMA, AGOSTO 2016
PALAZZO BARBERINI

Ho seguito Ghita dappertutto.

Sono passato davanti alla Villa, sono stato in mezzo agli aranci, alle Terme di Caracalla, in via Giulia, ho guardato il Tevere. Sono andato sotto alla casa di via di Santa Dorotea, che è una di quelle che la tradizione le attribuisce, quella che a me piace di più immaginare come la sua casa, vicino alla Porta, pronta per andarsene, con la sua bella finestra medievale. Sono salito a San Pietro in Montorio, a Sant'Agostino, in piazza del Popolo, dovunque ci sia o ci sia stato un dipinto di Raffaello, dovunque ci sia anche un pezzo di lei. Sono stato in Borgo Santo Spirito, all'Ospedale, lungo via Scossacavalli, in quelle strade dove c'era Palazzo Caprini, dove abitava e dipingeva Raffaello, in un palazzo prima inglobato dal Palazzo dei Convertendi e poi demolito per fare spazio a via della Conciliazione.

Soprattutto, mi sono perso per Trastevere, tra le botteghe e le voci, i colori.

Piazza Sant'Apollonia è piena di macchine e di tende, uno ci capita per caso e la attraversa veloce, se non sta cercando qualcosa. Non ci sono notizie certe sul monastero. Probabilmente, una chiesa consacrata a Sant'Apollonia fu edificata solo nel 1582 e il monastero, prima, aveva un altro nome; forse al tempo di Ghita c'era ancora una piccola foresta di ulivi e il complesso si chiamava di Santa Maria dell'Oliva. Ma quando sono venuto qui ho scelto di chiamarlo comunque Sant'Apollonia – ricordando la protettrice dei dentisti, la martire arsa sul rogo dopo che le avevano strappato tutti i denti –, perché fosse più facile trovarlo.

Perché si potesse venire fino a qui, e non trovarci più niente.

Il monastero non c'è più. Le fonti dicono che era dove oggi c'è il Teatro Belli, e sopra ci sono delle abitazioni.

Ma, forse, non è vero che non è rimasto niente.

È rimasto tutto. Ma non è più qui.

Mi sono messo a camminare, ho passato il fiume, e sono finito in un posto dove Ghita non è mai stata. Dove Ghita adesso c'è.

Quando lei era viva, Palazzo Barberini nemmeno esisteva. È stato costruito nel Seicento, con le due scale di Bernini e Borromini, un parco più grande di quello della Villa, le api simbolo dell'operosità della famiglia Barberini, che per sfoggiare il proprio sfarzo non ha esitato a prendere dal Colosseo le pietre che servivano per innalzare questi muri giganteschi.

Eppure lei è qui.

È qui che è conservato il suo ritratto, il suo volto. Il suo segreto.

È solo una tavola, ma pare che sia lei. La guardo. Mi emoziona sempre, sin da quando ero bambino. Mi pare vera, mi pare qui davanti a me. Si vede che è felice, che è amata. No, non invecchierà mai. Non invecchierà più.

Mi guarda negli occhi.

Probabilmente è fiera che tutti la ammirino. O forse è imbarazzata, perché così svestita doveva vederla solo Raffaello, perché questo dipinto apparteneva soltanto a loro, e tutto il mondo ne era escluso, il mondo doveva restare fuori dal loro amore. Ma non credo, in fondo; non era donna da vergognarsi di com'era fatta.

Ha il suo anello all'anulare sinistro.

E davvero il destino di questo quadro ha qualcosa di miracoloso.

Giulio Romano non l'ha distrutto, non avrebbe potuto farlo, era il più bello che il suo maestro avesse mai dipinto e anche lui amava Raffaello. Dev'essergli sembrato sufficiente coprire l'anello, per non destare sospetti. Presto, anche per lui questo ritratto è diventato un tormento. Fino più o meno all'inizio del Seicento non si sa dove sia stato esposto, o se sia stato nascosto, ma Giulio ne ha fatto delle copie, da quanto gli piaceva, ne ha fatto trarre persino delle stampe. Forse anche pensando a lei, a Ghita, come una sorta di ammenda. Forse ha saputo che quella giovane, che il mondo aveva rifiutato, cacciato via, che lui stesso aveva ferito e umiliato, si era chiusa in convento ed era morta subito, disseccata, perché non poteva sopravvivere senza il suo pittore.

Giulio però non era un coraggioso, e anche se presto ha lasciato Roma per prendere la strada di Mantova, per prudenza ha continuato a dipingere le copie senza l'anello.

È che la vita, certe volte, è imprevedibile.

Dopo poco tempo, la pittura posticcia applicata da Giulio se n'è andata da sola, svelando di nuovo quell'anello coperto in tutta fretta.

Mi domando cosa direbbe Ghita, se sapesse che è arrivata qui, e che nessuno ha mai sentito parlare di Maria Dovizi, che nessuno si accorge della lapide del Pantheon, e invece tutti sanno della Fornarina e dell'amore irripetibile che l'ha unita a Raffaello.

In fondo, mi piace pensare che loro due siano insieme adesso, e che di questo dipinto a loro non importi più nulla.

È a noi quaggiù che serve, come ci servono le cose belle, le storie grandi, le cose che, in un modo o nell'altro, non finiscono.

Indice